E AÍ?

Cartas aos adolescentes e a seus pais

Rubem Alves

E AÍ?

Cartas aos
adolescentes
e a seus pais

PAPIRUS EDITORA

Capa | Fernando Cornacchia
Foto de capa | Rennato Testa
Revisão | Beatriz Marchesini e Maria Lúcia A. Maier

Dados Internacionais de Catalogação na Publicação (CIP)
(Câmara Brasileira do Livro, SP, Brasil)

Alves, Rubem, 1933-2014
E aí?: Cartas aos adolescentes e a seus pais/Rubem Alves. –
13ª ed. – Campinas, SP: Papirus, 2012.

ISBN 978-85-308-0546-3

1. Crônicas brasileiras I. Título.

12-00906 CDD-869.93

Índice para catálogo sistemático:
1. Crônicas: Literatura brasileira   869.93

13ª Edição – 2012
10ª Reimpressão – 2024
Tiragem: 150 exs.

Exceto no caso de citações, a grafia deste livro está atualizada segundo o Acordo Ortográfico da Língua Portuguesa adotado no Brasil a partir de 2009.

Proibida a reprodução total ou parcial da obra de acordo com a lei 9.610/98.
Editora afiliada à Associação Brasileira dos Direitos Reprográficos (ABDR).

DIREITOS RESERVADOS PARA A LÍNGUA PORTUGUESA:
© M.R. Cornacchia Editora Ltda. – Papirus Editora
R. Barata Ribeiro, 79, sala 316 – CEP 13023-0   – Vila Itapura
Fone: (19) 3790-1300 – Campinas – São Paulo – Brasil
E-mail: editora@papirus.com.br – www.papirus.com.br

Sumário

CARTAS AOS PAIS DOS ADOLESCENTES

Presente para a mãe de um adolescente	9
Sobre as aves e os adolescentes	15
Os revolucionários estão chegando	21
A turma	29
Os olhos dos adolescentes	35
Aos (possíveis) sabiás	41

CARTAS AOS ADOLESCENTES

Sobre a maldade	49
Sobre o amigo	55
Sobre os livros	61
Sobre as drogas	67
Jiló e calango	75
Entre Troia e Orlando	81

CARTAS SOBRE SEXO

Sexo é coisa simples	91
A folha de figueira	97
O pudor sujo	103
Educação sexual	109
Livros eróticos	115
Viagra	123

Com exceção de *Os olhos dos adolescentes*, todas as crônicas reunidas na primeira parte deste livro ("Cartas aos pais dos adolescentes") foram publicadas na obra *Sobre o tempo e a eternaidade* (Papirus, 1995).

CARTAS AOS PAIS DOS ADOLESCENTES

Presente para a mãe de um adolescente

Querida Mãe: Se eu tivesse poder para homenageá-la na televisão, eu faria coisa muito simples: apenas uma imagem silenciosa, talvez a *Pietà*, de Michelangelo, ou a *Mãe amamentando o filho*, de Picasso, ou a tela de Vermeer, *Mulher de azul lendo uma carta*. Só a imagem com a palavra "maternidade". Você se sentiria mais bonita, descobrindo-se bela na fantasia dos artistas.

Mas nada disso se fez. Você deve estar cansada de ver as ofensas que a televisão lhe faz, que nos seus anúncios a descreve como uma pessoa vulgar e oca.

"Temos tudo para fazer sua mãe feliz", diz o anúncio idiota de uma cadeia de lojas. Uma mulher cuja felicidade é igual a um eletrodoméstico! Que felicidade barata: é comprada com um liquidificador, um forno de microondas, um secador de cabelo. Um outro anúncio diz assim: "Não esqueça o dia 14 de maio. Porque mãe cobra".

Foi pensando nisso que resolvi dar às mães dos adolescentes o maior de todos os presentes possíveis no dia de hoje. Eu sei o quanto sofrem as mães e os pais dos adolescentes. Frequentemente eles me procuram com um pedido: "Por favor, ajude-nos a resolver o problema do nosso filho!".

Pois é esse o meu presente: quero declarar, baseado em longa experiência, que vocês não têm problema algum. Esqueçam-se dele, porque ele não existe. É tudo imaginação. Durmam bem!

Acham que estou brincando? Nunca falei tão sério. O que é um problema? Você está fazendo tricô. De repente a linha se enrola, dá um nó. Você não pode tricotar com a linha embaraçada. Problema é isso: alguma coisa que perturba ou impede o curso de uma ação. Mas não é só isso. O que caracteriza um problema é a possibilidade de solução. Você sabe que, com astúcia e paciência, você pode desfazer o nó. Se não tem solução não é problema.

É noite. Você se prepara para fazer tricô. Aí você descobre que o cachorro mastigou e partiu uma de suas agulhas. Agora você só tem uma agulha. Não há jeito de fazer tricô com uma agulha só. Sua ação foi interrompida, mas você não tem um problema porque, por mais que você pense, não há formas de fazer tricô com uma mão só. Então você põe a linha de lado e vai fazer outra coisa.

Assim é a adolescência: ela não é problema pela simples razão de que, por mais que você pense, não há solução.

Vou, então, dizer a você os dois conselhos definitivos para lidar com seu filho ou filha adolescente.

Primeiro: não faça nada. Não tente fazer nada. Tudo o que você fizer estará sempre errado. Não se meta. Não diga nada. Não dê conselhos.

Isso pode parecer totalmente irresponsável. O amor dos pais diz que eles devem tentar, no limite das suas forças, ajudar os seus filhos. De acordo. Só que há situações em que, se você tentar ajudar, você atrapalha. Jay W. Forrester, professor de administração do Massachusetts Institute of Technology, enunciou uma lei para as organizações que diz o seguinte: "Em situações complicadas, esforços para melhorar as coisas frequentemente tendem a piorá-las, algumas vezes a piorá-las muito, e em certas ocasiões a torná-las calamitosas". Imagino que o professor descobriu essa lei ao lidar com o seu filho adolescente. Pois é exatamente isso que acontece.

Muitos séculos atrás o taoísmo chegou à mesma conclusão. Está lá dito no seu livro sagrado, o *Tao Te Ching*: "O tolo faz coisas sem parar, e tudo permanece por fazer. O sábio nada faz para que tudo o que deve ser feito se faça". Para o taoísmo, a suprema expressão da sabedoria é refrear-se da tentação de fazer. Não faça. Só olhe de longe. A vida tem sua própria sabedoria. Quem tenta ajudar uma borboleta a sair do casulo a mata. Quem tenta ajudar o broto a sair da semente o destrói. Há certas coisas que têm de acontecer de dentro para fora.

Mesmo porque, se é que você ainda não se deu conta disso, o adolescente não está interessado em fazer a coisa certa; ele está interessado em fazer a coisa *dele*. Ora, se você lhe disser o que é razoável, esse razoável passará a ser coisa do pai ou da mãe. Fazer a coisa certa, então, será confessar uma condição de dependência e inferioridade, o que é impensável e insuportável para um adolescente. Ele se sentirá, então, obrigado a fazer o contrário.

Lembro-me de uma mãe de uma adolescente de 13 anos que se lamentava: "As alternativas eram claras. De um lado uma opção boa, racional, razoável. Do outro, uma idiotice completa. Expliquei tudo direitinho para ela. Sabe o que ela fez? Escolheu a idiotice. Por quê?". E eu lhe respondi: "Porque a senhora lhe disse o que era razoável. Se a senhora nada tivesse dito, haveria a possibilidade de que ela escolhesse uma das duas alternativas. No momento em que a senhora disse que a sua opção seria a primeira, ela foi obrigada a optar pela segunda".

Segundo: fique por perto, para juntar os cacos. Os cacos, quando não são fatais, podem ter um efeito educacional. Na verdade, de nada vale ficar ansioso, ficar acordado, ficar agitado. Esses estados em nada vão alterar o rumo das coisas. O adolescente é uma entidade que escapuliu do seu controle.

A ilusão de que há algo que pode ser feito deixa-nos ansiosos por não saber que algo é esse. No momento em que você percebe que nada há a se fazer, a tranquilidade volta. Aí você fica livre para fazer as suas coisas. Não permita que a loucura do seu filho adolescente tome conta de você. Vá ao cinema. Vá passear com o seu marido. Mostre aos adolescentes que eles não têm o poder de estragar a sua vida. Não perca, inutilmente, uma noite de sono. Lembre-se de que os adolescentes, nas festas da Pachá,* nem sequer se lembram de que você existe. Durma bem. Feliz Dia das Mães.

---

* Pachá, que aparece em algumas crônicas deste livro, refere-se a uma casa noturna que existiu em Campinas. (N.E.)

Sobre as aves
e os adolescentes

Se a Esfinge tivesse sido um pouco mais esperta e versada em mistérios que só seriam revelados séculos depois, em vez de propor a Édipo o enigma bobo que propôs, teria simplesmente perguntado: "O que é, o que é: mais misterioso que a Santíssima Trindade e mais doloroso que a cruz de Cristo?". Claro que Édipo não conseguiria resolver enigma tão terrível; a Esfinge, ato contínuo, o devoraria, o que nos teria poupado do complexo de Édipo e suas sequelas psicanalíticas. Fosse o pai ou a mãe de um adolescente, a resposta sairia de um pulo: "É o meu filho, é o meu filho".

Entretanto, mesmo sabendo que não é possível decifrar enigma tão obscuro, por pura compaixão dos pais desesperados, aceito o doloroso dever de revelar o que aprendi sobre o assunto.

Em primeiro lugar, é preciso não confundir as coisas e saber que há dois tipos de adolescência.

O primeiro deles é uma doença benigna, parecida com sarampo: a "adolescência etária". Trata-se de um período da vida que vai, *grosso modo*, dos 13 aos 19 anos. Esse tipo de adolescência existiu sempre, todos passamos por ela, é um fenômeno individual, normalmente se cura por si mesmo e raramente deixa sequelas. Caracteriza-se por transformações físicas e psicológicas. A voz se altera, aparecem os pelos nos devidos lugares, desenvolvem-se os órgãos sexuais, e os piões e as bonecas são trocados por brinquedos mais interessantes.

Em segundo lugar há uma outra adolescência, que mais se parece com a varíola pela gravidade dos sintomas: é a "adolescência otária", a única que me interessa. Trata-se de um fenômeno cultural moderno, de natureza essencialmente coletiva e caracterizado por uma perturbação nas faculdades do pensamento, perda do contato com a realidade, alucinações psicóticas, que não raro assumem a forma de zombaria social, como é o caso das pichações de muros e monumentos, até os rachas em alta velocidade que, frequentemente, terminam em velórios.

A psicologia behaviorista, iniciada por Pavlov e desenvolvida por Skinner, deu uma inestimável contribuição ao estudo do comportamento humano, mostrando que é possível entender o homem pelo estudo dos animais. Cães, cobaias e ratos foram e são amplamente usados para tal fim. Ao que me consta, entretanto, nenhum animal foi encontrado que se prestasse ao estudo da adolescência, o que explica a pobreza dos nossos conhecimentos nessa área.

Por muitos anos tive escrúpulos de tornar pública minha descoberta revolucionária. Lembrava-me de Darwin, que foi cruelmente perseguido e ridicularizado por haver revelado nosso parentesco com os símios. Temi sofrer retaliações caso revelasse que o enigma dos adolescentes pode ser decifrado se estudarmos o comportamento social e psicológico das maritacas...

Sim, as maritacas... Mesmo sob exame superficial, as semelhanças saltam aos olhos.

Para começar, andam sempre em bandos, maritacas e adolescentes. Uma maritaca solitária e um adolescente solitário são aberrações da natureza. Daí o horror que os adolescentes têm da casa: ali, eles estão separados do bando. Havendo cortado o cordão umbilical que os ligava aos pais, eles o substituíram por um outro cordão umbilical, o fio do telefone, pelo qual eles se mantêm permanentemente ligados uns aos outros. Eles não conseguem ficar sozinhos, porque sentem muito frio.

Depois, são todas iguais, as maritacas. E também os adolescentes. Você já viu uma adolescente se vestir diferente das outras para a festa? Os tênis têm de ser da mesma marca. Os *jeans*, da mesma grife. A Pachá é um templo onde os adolescentes celebram suas igualdades.

Sabiás não padecem de crise de identidade. São aves solitárias e por isso cantam bonito de fazer chorar. Quando eles cantam todo mundo se cala e escuta. As maritacas são o oposto. Gritam todas ao mesmo tempo. Deus o livre (não me livrou) de assentar-se próximo a uma mesa de adolescentes, no Pizza Hut... Dizem sempre a mesma coisa, dizem sempre igual, dizem sem parar. Mas eles nem ligam. Porque ninguém escuta mesmo.

E, finalmente, maritacas e adolescentes não se importam com a direção em que estão indo. Importam-se, sim, com o "agito" enquanto vão.

Mas não terminou. Em ocasião futura farei revelações ainda mais espantosas. Espero que você tenha percebido que a essência do que estou dizendo se resume nisto: em situações quando chorar é inútil, só nos resta dar risada. Isso, é claro, até que haja cacos a serem catados...

Os revolucionários estão chegando

Alguns psicólogos que se dizem especialistas em adolescência aconselham, como remédio para as perturbações características dessa fase, muito diálogo, muito amor, muita compreensão. Os pais devem criar condições para que os filhos conversem com eles sobre os seus problemas e devem se esforçar por compreendê-los. Pelo amor e pelo diálogo, eles garantem, pais e adolescentes continuarão amigos e a família voltará a ser feliz como tinha sido quando eles eram crianças.

Discordo. Em primeiro lugar, nada me convence de que os adolescentes estejam tanto assim atrás do amor dos pais. Atrás de amor, é verdade. Mas, dos pais? Duvidoso. Em segundo lugar, não existe coisa que os adolescentes queiram menos que ser compreendidos pelos velhos. Em brigas entre marido e mulher, há um momento em que um dos dois diz como argumento final: "Te compreendo muito bem..." – afirmação que se faz sempre com umas reticências e um sorriso de escárnio. Isso quer dizer: "Pare de mentir. Tenho você aqui, dentro da minha cabeça, transparente. Já lhe fiz a tomografia da alma. Tudo o que você disser será inútil. Te compreendo. Teu mistério, eu já o resolvi". Quem compreende domina.

E vocês acreditam mesmo que os adolescentes queiram ser compreendidos pelos seus pais, essas enormes bolas de ferro que eles têm de arrastar, acorrentadas às suas pernas, de quem ainda desgraçadamente dependem para dinheiro e automóvel, que os vigiam com um olho que parece o olho de Deus, e que lhes pedem explicações sobre onde andaram e sobre o que fizeram, seres de quem escapam somente à custa de muita mentira e trapaça? Que caça deseja ser compreendida pelo caçador? Se o caçador a compreender, ele saberá onde colocar a armadilha.

O caçador há de compreender a caça por conta própria, sem depender da boa vontade da caça para dialogar. E a compreensão começa quando se percebe que os adolescentes são iguais às crianças na cabeça; só são diferentes no tamanho do corpo. E é isso que faz toda a diferença.

É fácil entender as crianças: basta ler as deliciosas tirinhas cômicas sobre o Calvin, que aparecem diariamente no Caderno C do *Correio Popular*, esse prestigioso jornal – todo jornal tem de ser prestigioso quando a gente se refere a ele, do mesmo jeito como o papa é santidade, o presidente é excelência e o reitor é magnificência.

A cabeça da criança é dominada pela fantasia, pelo maravilhoso: o Calvin é astronauta, a mãe dele é trator, a bicicleta adquire ideias próprias e passa a persegui-lo, ele é um incrível escultor moderno que faz esculturas caríssimas de neve, 6 + 5 = 6, por razões absolutamente lógicas, e a estúpida professora marca errado na prova. Na cabeça da criança tudo é possível. "Compra, pai! Compra!" "Mas eu não tenho dinheiro!", o pai responde, mentindo. Sabe que o filho não entenderia suas razões. Mas o menino contra-ataca: "Paga com cheque". Antigamente as fadas usavam varinhas de condão. Agora elas usam talões de cheques.

As crianças pensam que os adultos são onipotentes. Quando estou num elevador lotado e vejo alguma criança pequena no chão, espremida no meio dos adultos, fico a imaginar o que é que ela vê, ao olhar para cima: enormes torres. Acho que foi de situações semelhantes que surgiram as fantasias dos gigantes que comiam crianças. Para as crianças, os adultos são gigantes de força descomunal, que tudo podem.

Se ele, Calvin, tivesse poder, se ele fosse grande e tivesse um talão de cheques, o mundo seria totalmente diferente, só brinquedo e aventura. Infelizmente o seu pai e a sua mãe, classe dominante, detentores do monopólio dos meios de produção, o reduziram à miserável condição de escravo, e assim o obrigam a comer o que ele não quer comer, a fazer deveres idiotas da escola, sem sentido – alienação maior poderá existir? –, a ir para a cama quando ainda há muitas coisas divertidas a serem feitas. Os adultos são os culpados pela sua infelicidade. Mas o dia chegará em que se ouvirá o grito revolucionário: "Crianças de todo o mundo! Uni-vos!". As crianças tomarão o poder; os adultos dominadores não serão fuzilados, como bem merecem, porque as crianças sabem perdoar. Mas serão internados em instituições apropriadas para serem reeducados. Será a sociedade sem classes, a volta do Paraíso. Quando esse momento chegar, Calvin será um extraordinário líder revolucionário...

E então, repentinamente, o momento chega, anunciado gloriosamente pelos pelos que começam a surgir em lugares dantes lisos. Ah! Os pelos! Finalmente... Quanta inveja e quanta fantasia provocavam na cabeça das meninas e dos meninos, ao contemplar aqueles símbolos da condição adulta!

A importância psicológica dos pelos ainda não foi suficientemente analisada. Minhas investigações clínicas sobre o assunto levaram-me a uma curiosa descoberta: são eles os responsáveis por uma síndrome característica da adolescência, ainda não descrita nos compêndios científicos. Eu a batizei com o nome de "síndrome de Sansão".

Como se sabe da mitologia bíblica, Sansão era um herói de força descomunal: ele derrotou, sozinho, um exército inteiro, exército armado com espadas e lanças, tendo como arma apenas uma queixada de burro. Perto de Sansão, o Rambo é um anêmico. Pois a força de Sansão se encontrava precisamente nos cabelos. Foi só a Dalila cortar a cabeleira do herói para que sua força murchasse como bexiga furada.

A "síndrome de Sansão" é uma perturbação mental que leva os adolescentes a identificar o crescimento dos seus pelos com o crescimento da força. E essa ilusão é confirmada, na cabeça deles, por meio do desenvolvimento e do crescimento dos órgãos adjacentes aos pelos, novinhos em folha, que entram em funcionamento tão logo se belisque a partida, mesmo sob as condições mais adversas, como madrugadas de inverno. O que contrasta com os Galaxies paternos que, em condições semelhantes, exigem uma bateria nova, e só funcionam depois de muitas tentativas, sendo o seu funcionamento entremeado por tosses, afogamentos e apagamentos repentinos, para o embaraço de todos.

Sim, as crianças não são mais crianças. Além do crescimento dos pelos, há o crescimento do corpo. Agora, nos elevadores, as crianças que olhavam para cima viraram adolescentes enormes que olham para baixo. Estão maiores que os pais. Não só maiores: melhores. Modelo último tipo. O modelo dos pais já era. "O velho..." Já fora de linha. Galaxies, trambolhos velhos, batidos, soltando fumaça pelo escapamento. Sair com eles é vergonhoso.

O glorioso momento: a tomada do poder, a revolução. Chegou a adolescência... Para entender os adolescentes é preciso entender a sociologia e a psicologia dos revolucionários.

Classe subalterna não anda em companhia de classe dominante. Não frequenta os mesmos lugares. Não fala a mesma língua. Não quer diálogo. Operário não conversa com patrão. Operário exige os seus direitos. Se não é atendido, faz greve. Adolescente não quer papo com pai e mãe. Não vai mais ao sítio. Não passa *réveillon* em casa. Não escuta a mesma música. Se é proibido, tem de ser transgredido. Com ele se inicia uma nova ordem. É um militante. A adolescência é um partido revolucionário anarquista. Se a situação política fosse outra, o lugar do seu filho seriam os comícios e, possivelmente, a guerrilha. Mas hoje, do jeito como estão as coisas, ele não passa da Pachá...

A turma

Uma pitada de loucura aumenta o prazer da vida. Veja o caso do cinema. Você vai lá, assenta-se e fica vendo um jogo de luzes coloridas projetado numa tela. Você sabe que aquilo tudo é de mentira. E, não obstante, você treme de medo, tem taquicardia, pressão arterial alta, sua de medo, ri, chora... É um surto de loucura. Você está tomando imagens como se fossem realidade. Mas, se você não se entregasse por duas horas a essa loucura, o cinema seria tão emocionante quanto ler uma lista telefônica. Passadas as duas horas as luzes se acendem, você sai da loucura e caminha solidamente de volta para a realidade.

A diferença entre a sua loucura e a loucura do louco é que o louco não consegue sair do cinema. A sessão não termina. As luzes não se acendem. Ele não desconfia de que aquilo que está passando na sua cabeça seja só um filme. Pensa que é real.

Quem não está louco é quem desconfia dos seus pensamentos. Sabe que a cabeça é enganosa: sessão de cinema. Nada garante que os pensamentos, aquilo que aparece projetado na tela da consciência, sejam verdade. A razão é desconfiada. Quando uma pessoa diz: "Eu tenho certeza!" – ela está confessando: "Eu não desconfio dos meus pensamentos!". Consequentemente, está em surto psicótico.

A adolescência é a idade da certeza. Os adolescentes não desconfiam de suas ideias e opiniões. Acreditam piamente naquilo que seus pensamentos lhes dizem. Daí, a conclusão lógica de que todos os que têm ideias diferentes das suas só podem estar errados. Explica-se, assim, a sua dificuldade em lidar com opiniões discordantes. "Sei muito bem o que estou fazendo": essa é a resposta padrão que eles usam para descartar uma advertência sobre um curso problemático de ação.

A certeza sobre o pensamento se faz sempre acompanhar por um sentimento de onipotência. Os deuses tudo sabem e são invulneráveis. Assim, eles não têm medo de fazer as coisas mais perigosas – rachas, roletas-russas, cavalos de pau – pois nada pode lhes acontecer. Acidentes graves só acontecem com os outros. "Posso fumar maconha e cheirar cocaína sem medo. Sei o que estou fazendo. Eu nunca vou ficar viciado. Somente os fracos ficam viciados. Mas eu sou forte."

Por isso, os programas que buscam alertar os adolescentes sobre os perigos das drogas estão fadados ao fracasso. Eles são elaborados sobre o pressuposto de que, se os adolescentes conhecessem os perigos, eles fugiriam deles. Mas isso é o mesmo que tentar dissuadir o alpinista do seu sonho de escalar o Himalaia por causa dos perigos das montanhas, ou tentar convencer o Amyr Klink a cancelar sua viagem ao polo sul por causa dos perigos dos mares. Alpinistas e navegadores empreendem suas aventuras exatamente para desafiar o perigo. É o perigo que dá a emoção.

Assim é o adolescente. Ele quer o risco. Mas, diferentemente do alpinista e do navegador, ele acha que nada pode lhe acontecer. Ele não entra pelo caminho das drogas por ignorar o perigo. Ele entra no caminho das drogas para desafiar o perigo. Evidentemente, na certeza de que nada lhe acontecerá. Essa ilusão psicótica tem um agravante: o reforço da "turma".

A sociologia deu o nome de "outros relevantes" às pessoas que eu levo em consideração ao agir. Esses outros são a "plateia" diante da qual eu represento o meu número de teatro, e cujo aplauso eu busco e cuja vaia eu temo. Os pais são os "outros significativos" mais importantes das crianças. Elas estão, a todo momento, buscando a aprovação do seu olhar. A adolescência é o momento quando os pais são substituídos pela "turma".

A "turma" é tirânica. Ela impõe e exige. O adolescente tem de obedecer. Eram 22h30. A mãe foi ao quarto da filha de 13 anos para o beijo carinhoso de boa-noite no rosto da menina inocente adormecida. O que ela encontrou sobre a cama vazia foi um bilhete: "Não posso decepcionar meus amigos. Fui para a Pachá".

A "turma" cria um delicioso sentimento de fraternidade. Todos se confirmam. Todos fazem as mesmas coisas juntos. Todos são "conspiradores". Mas, ao fazer isso, ela retira dos indivíduos isolados o senso de identidade. Sem a "turma" o adolescente é um rosto sem espelho. Na "turma", indivíduos respeitáveis e tímidos isoladamente transformam-se em feras imorais. São as "turmas" que lincham. Individualmente todos somos seres morais. Na "turma" a responsabilidade pessoal desaparece. A "turma" é a lei. Ela impõe. A "turma" decide sobre roupas, tênis, boates, música, fumo, cheiro, transa. Ai daquele que não obedece.

Em relação à sociedade adulta, o adolescente é um revolucionário. Ele está pronto a transgredir tudo para criar uma nova ordem. Em relação à "turma", ele é um carneirinho conservador, sem ideias próprias, submisso à autoridade do grupo. A adolescência é um perpétuo jogo de "boca de forno".

Turma: "Boca de forno!"

Adolescentes: "Forno!"

Turma: "Furtaram um bolo!"

Adolescentes: "Bolo!"

Turma: "Fareis tudo o que vosso mestre mandar?"

Adolescentes: "Faremos todos, faremos todos, faremos todos..."

Lembrem-se de que eu disse em outra crônica que há dois tipos de adolescentes: os etários e os otários. Tudo o que tenho dito só se aplica ao segundo grupo.

Não há nada que possa ser feito. Felizmente chegaram, de espaços siderais, anjos de todos os tipos. Sugiro que os pais encomendem anjos especializados na guarda de adolescentes para tomar conta dos seus filhos. E que, para seu benefício próprio, invoquem os anjos protetores do sono e dos sonhos. Se não há nada a ser feito, pelo menos que o sono seja tranquilo e que os sonhos sejam suaves.

Os olhos dos adolescentes

Eu estava adiantado para o compromisso. Fui fazer hora no jardim da cidade – cheio de árvores velhas. Assentei-me num banco, vagabundo. Aproximou-se um menino com caixa de engraxate. "Vai uma graxinha?" "Vai", respondi. Não havia mesmo nada a fazer. Começamos a conversar. É bom conversar com esses meninos que desde cedo aprendem que, se eles não se virarem, não vão ter o que comer. De repente ele olhou para um homem que se aproximava. "Lá vem um freguês!", ele observou. "Faz tempo que você o conhece?", perguntei. "Não senhor, nunca vi ele não." Intrigado, perguntei:

"Então, como é que você sabe que ele é um freguês?". Ele me olhou espantado, admirado de que eu fosse tão burro e desatento. "O senhor não olhou pros sapatos dele não?"

Eu e ele tínhamos bons olhos. Meus olhos, de quem está com a vida ganha, podiam vagabundear. Mas os dele eram olhos de caçador. As caças dos engraxates se reconhecem pelos sapatos.

"O que vemos não é o que vemos, senão o que somos" (Bernardo Soares). Onças não veem bananas. Macacos não veem orquídeas. Gatos não veem telas de Van Gogh.

Dentre todos os órgãos dos sentidos, os olhos são os mais simples do ponto de vista anatômico e funcional. Em tudo se parecem com uma câmera fotográfica, como o demonstram aqueles desenhos nas salas de espera dos oftalmologistas. Mas o fato é que, contrariando as simplicidades anátomo-funcionais, a visão é muito complicada: "Não basta abrir a janela para ver os campos e o rio. Não é bastante não ser cego para ver as árvores e as flores" (Alberto Caeiro).

O que você vê é o que você quer ver. Meu ofício de psicanalista se baseia nisso. O paciente vai contando a sua estória, pensando que estou prestando atenção no que ele está dizendo. Mas eu estou olhando na direção oposta, tentando ver o rosto dele refletido naquilo sobre que ele fala. Igual ao que acontece diante do vidro de uma vidraça: a gente vê as coisas lá fora mas, prestando atenção, vê o rosto também refletido no vidro, como num espelho.

Vou agora deixar os olhos e começar num lugar completamente diferente: a adolescência. Inventei um princípio de criatividade: "Ostra feliz não produz pérola". É preciso que haja, dentro da pobrezinha, uma areia, um objeto irritante. Ela produz a pérola lisa para se livrar da irritação do grão de areia. Os adolescentes são um dos muitos grãos de areia que me irritam. São um desafio intelectual. Mistérios. Nenhum dos ângulos através dos quais têm sido compreendidos os esgota. Biologicamente a adolescência pode ser descrita como uma série de transformações anatômicas e hormonais. É verdade. De um ponto de vista psicológico ela pode ser entendida como uma crise que decorre de um descompasso entre os processos mentais e os processos físicos. Mentalmente, os adolescentes continuam a pensar como crianças. Mas o tamanho do seu corpo, agora, impede que os pais apliquem sobre eles as técnicas de persuasão e controle que haviam sido eficazes quando eles eram crianças. Ao poder da adolescência corresponde a impotência dos pais. E por aí vão se multiplicando as explicações, todas verdadeiras. Eu mesmo já propus uma série de alternativas descritivas, que vão das maritacas até Orlando. Faço, agora, conexão entre a adolescência e as coisas que disse sobre a visão: percebi que a adolescência pode ser também compreendida de um ângulo oftalmológico: a adolescência é uma perturbação do olhar, um tipo raro de cegueira: os olhos dos adolescentes não conseguem ver cenários.

Explico-me por meio de uma imagem. É uma excursão. O ônibus está lotado. Seu itinerário o leva pelos mais fascinantes cenários. Passa pelos sopés de montanhas cobertas de neve, atravessa florestas de árvores gigantescas, cruza planícies verdes cheias de animais, margeia cenários paradisíacos ao longo de praias, atravessa rios cristalinos... A viagem chega ao fim. Saem os excursionistas. Adolescentes. Gastaram todos os filmes de suas câmeras fotográficas. Reveladas as fotos, vem o espanto: nenhuma foto de cenário. Para dizer a verdade, o ônibus permaneceu com as cortinas fechadas o tempo todo. As fotografias são, todas elas, fotografias de adolescentes sorridentes.

Notei que, para os adolescentes, não importa o lugar para onde vão. Os olhos deles não veem cenários.

O lugar é apenas o cenário onde a turma vai se encontrar para representar a mesma peça que era representada na cidade de origem. Os adolescentes jamais desembarcam deles mesmos. Os seus olhos registram uma coisa apenas: a turma. Na verdade, não é bem a turma. Seus olhos registram "eu-na-turma".

Para isso há uma explicação psicossociológica. Todos nós temos uma profunda necessidade de reconhecimento. É preciso que o outro me olhe e que eu sinta que o seu olhar está dizendo: "Gosto de você. É bom que você exista". Essa é a razão por que o olhar do pai, da mãe, da professora é tão decisivo para a formação da autoimagem da criança. A criança fica sendo aquilo que o olhar dos outros diz que ela é.

Para a criança, importante é o olhar do pai e da mãe. Na adolescência há uma troca dos olhares importantes. Os adolescentes querem ser grandes. Por isso o olhar do pai e da mãe incomodam. Olhares de pai e mãe são acriançantes. Eles desejam que os filhos permaneçam pequenos, que continuem vivendo sob a proteção de suas asas. Isso, às vezes, por razões de sabedoria: sabem que os filhos adolescentes ainda não sabem as coisas do mundo. Às vezes, por razões neuróticas: não querem que seus filhos batam asas... Aí os adolescentes fogem do olhar do pai e da mãe.

Procuram o olhar dos outros adolescentes. Se vocês prestarem atenção perceberão que as relações entre os adolescentes, reduzidas à sua condição mínima, se resumem em: "Me vejam, me vejam, me vejam". Essa é a razão por que se comportam como maritacas, todos gritando ao mesmo tempo. Não suportam ficar longe dos olhos dos outros. Longe dos olhos, agarram o telefone. A substância das conversas entre os adolescentes, ao telefone, não é *aquilo* que eles dizem, mas o fato de que há alguém que ouve. Longe dos olhos dos outros, eles se sentem perdidos. Nada mais terrível para um adolescente que passar um fim de semana no sítio paradisíaco dos pais, na tranquilidade da natureza, na beleza dos jardins, no gozo das mordomias – sozinho.

Eu compreendo que seja assim. Mas tenho dó. O mundo é tão bonito. E não faz diferença que seja o pantanal, o litoral, as montanhas, o deserto: eles vão para esses lugares mas não veem nada. Os cenários não lhes dão prazer. Os lugares são apenas um ponto, definido por meio de longitudes e latitudes, onde os mesmos olhos e os mesmos rostos que se viram vão se ver de novo. No mundo dos adolescentes não há cenários. Só há outros adolescentes. Para essa doença não há remédio. Ela se cura com o tempo.

Aos (possíveis) sabiás

Alguém que não conheço, após ver as bolhas de sabão que soprei a propósito dos adolescentes, concluiu que eu devo ter alguma coisa contra eles: "O Rubem não gosta dos adolescentes".

Há uma pitada de verdade nisso. E os pais concordariam comigo: se eles ficam sem dormir por causa dos seus filhos é porque há algo neles de que não gostam. Se gostassem, dormiriam bem e não procurariam terapeutas em busca de auxílio. A vida é mais complexa do que gostar ou não gostar: *that is not the question*. A questão é gostar e não gostar, ao mesmo tempo. É isso que faz sofrer.

Imaginei que esta pessoa, se visse Michelangelo furiosamente atacando o mármore a martelo e cinzel, perguntaria também: "Afinal, que tem Michelangelo contra o mármore?".

Sim, ele tem muito contra o mármore. Porque dentro dele está guardada a *Pietà*. É preciso não ter dó do mármore para que a *Pietà* saia do seu túmulo. O amor por *Pietà* não tem *pietà*... Onde estaria a *Pietà* se Michelangelo tivesse sido complacente com o mármore?

Educação é arte. E não existe nada mais contrário à arte que deixar a matéria-prima do jeito como está. Só fazem isso aqueles que não sonham. Mas, desgraçadamente, os sentimentos de culpa paternos e maternos transformam-se em complacência, e seus martelos e cinzéis transformam-se em gelatina. A pedra continua pedra. É preciso que se saiba que o amor é duro.

Veio-me à memória um parágrafo de Nietzsche:

> Minha vontade ardente de criar me empurra continuamente na direção do homem. É assim que o martelo é também empurrado na direção da pedra. Oh, homens! Na pedra dorme uma imagem, a imagem das minhas imagens. Sim, ela dorme

dentro da pedra mais feia e mais dura... Agora o meu martelo furiosamente luta contra a sua prisão. Pedaços de rocha chovem da pedra...

Ridendo dicere severum: rindo, dizer as coisas sérias. O riso é o meu martelo e o meu cinzel. Não sei se vocês notaram que, em tudo que escrevi sobre os adolescentes, alguém ficou de fora. Ficaram dentro os pais e suas aflições: foi para eles que escrevi. Ficaram dentro os adolescentes e suas turmas: escrevi na esperança de que os pais lhes mostrassem o meu espelho, e eles ali também se vissem como maritacas e como portadores da síndrome de Sansão. Desejei que eles, assim se vendo através dos meus olhos, vissem como eles são engraçados e divertidos: não é possível contemplar a sua loucura sem uma boa risada. E que isso os fizesse rir de si mesmos. No momento em que rimos de nós mesmos o feitiço se quebra.

Quem ficou de fora? O adolescente solitário: aquele que não tem turma, cujo telefone fica em silêncio, que sábado à noite fica em casa ouvindo música no seu quarto...

Quando saio a andar de manhã cedo passam por mim bandos de adolescentes indo para a escola. Já consigo identificar os grupos, que vão alegremente maritacando suas coisas, na leve felicidade de pertencer a uma turma. Falam sobre beijos, transas, festas.

Esses não me comovem. Comovem-me aqueles que estão sempre sozinhos. São diferentes. Na roupa, no corpo, no jeito, no olhar fixado no chão. Não têm estórias nem de beijos nem de festas para contar. Comovo-me com eles porque eu também já fui assim. Fui um solitário na minha adolescência. Menino de cidade pequena no interior de Minas, minha família mudou-se para o Rio de Janeiro. E o meu pai cometeu um grande erro, movido pelo desejo sincero de me dar o melhor: matriculou-me num dos colégios da elite carioca, o famoso Colégio Andrews.

Albert Camus diz que ele sempre havia sido feliz até que entrou no Liceu – no Liceu ele começou a fazer comparações. Eu poderia ter escrito a mesma coisa. Ali, eu me descobri motivo do riso dos outros. Eu falava devagar e cantado, dizia "uai" e falava os "erres" de carne e mar como falam os caipiras, torcendo a língua. Também os meus jeitos de vestir eram jeitos caipiras. E o dinheiro que levava comigo era dinheiro de pobre. E os clubes que eles frequentavam não eram o meu – eu não frequentava clube algum. Claro que jamais fui convidado para as festinhas e, se tivesse sido convidado, não teria ido. E também jamais convidei um colega para ir à minha casa. Tinha medo que minha casa fosse pobre demais.

E é isso que eu gostaria de dizer hoje aos adolescentes solitários, sem turma, sem festas, sem estórias de beijos e amores para contar, as noites de sábado em casa, o telefone em silêncio: vocês são meus companheiros. Eu andei pelos caminhos em que vocês andam.

Mas sou agradecido à vida por ter sido assim. Porque foi em meio ao sofrimento dessa terrível solidão que tratei de produzir minhas pérolas. "Ostra feliz não faz pérola." Comecei então a andar sozinho pelos caminhos onde os outros adolescentes não iam: a música, a mística, a arte, a literatura, a poesia, a filosofia. Todos eles mundos solitários, onde só se entra sozinho. Andando por esses caminhos descobri aqueles que se pareciam comigo. Zaratustra, por exemplo, que se via como uma árvore crescendo à beira do precipício, seus longos galhos se estendendo sobre o abismo. Eu quis ser assim também.

E foi então que comecei a olhar para as maritacas com um certo sentimento de superioridade. Claro que os psicanalistas, ávidos de interpretações, se apressarão em me informar que aquilo não passou de uma compensação pelo meu sentimento de inferioridade. Que assim seja, sinistros kleinianos! O fato é que, compensação ou não, a partir daí as alegrias que tive nas produções da minha solidão foram maiores que as tristezas da minha condição de adolescente solitário. A solidão passou a ser, para mim, uma fonte de alegria. Eu não precisava gritar como maritaca para ser ouvido.

As maritacas gritam, e todos as ouvem, mesmo sem querer. Mas o canto do sabiá solitário, ao final da tarde, em algum lugar da floresta, faz todo mundo se calar para poder ouvir... Isso eu lhes digo, solitários: há muita beleza escondida na sua tristeza. Não tenham dó de si mesmos. Tratem de usar o martelo e o cinzel...

CARTAS AOS ADOLESCENTES

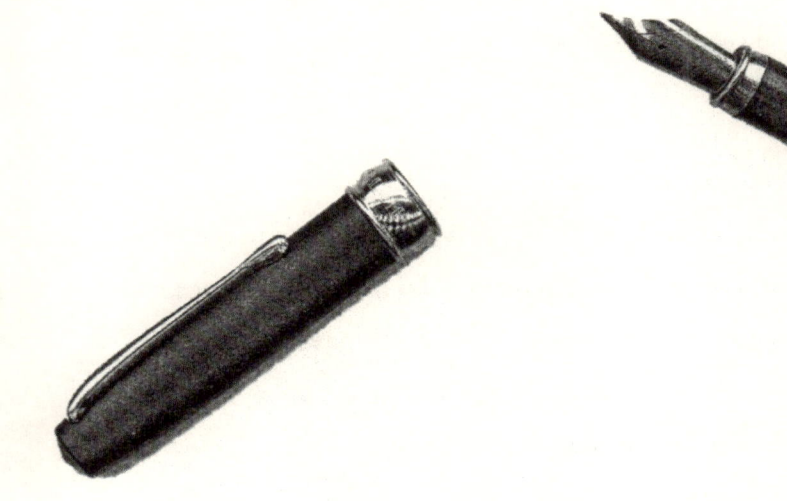

Sobre a maldade[*]

Você pediu que eu escrevesse sobre a maldade. Foi a primeira vez que uma pessoa me pediu isso. Você foi corajoso e honesto porque falar sobre a maldade é falar sobre nós mesmos. A maldade é algo que mora dentro de nós, à espera do momento certo para se apossar do nosso corpo. Ao pedir que eu falasse sobre a maldade você me pediu que o ajudasse a entender o lado escuro de você mesmo.

Para a gente entender a maldade é preciso entender, antes, os dois poderes de que somos feitos. Somos feitos

---

[*] Publicada originalmente em jornal com o título *Carta a um adolescente*.

de uma mistura de *amor* e *poder*. Amor é um sentimento que nos liga a determinadas coisas, e vai desde o simples *gostar* até o *estar apaixonado*. O amor quer abraçar, ficar perto, proteger. Amo meu cachorrinho: quero brincar com ele, tenho saudades dele; se ele morrer eu vou chorar. Gosto da minha casa. Dói muito – dá raiva – se alguém picha de preto o muro que tinha justo sido pintado de branco. Gosto muito de uma pessoa: pode ser o pai, a mãe, o avô, a namorada. Por causa desse sentimento fico triste vendo que aquela pessoa está triste. O amor faz isso: coloca o outro dentro da gente. O que o outro sente, a gente sente também. Um amigo meu, pedreiro, senhor João, a primeira coisa que fazia quando me visitava em minha casa era salvar, com uma peneira, as abelhas que estavam se afogando na piscina. Ele sofria com as abelhas.

Por isso muitas pessoas são vegetarianas. Elas não suportam pensar na dor por que passaram os bichos para que nós nos lambuzássemos com a carne deles. Uma pessoa muito querida, que não é vegetariana, não consegue comer frango ao molho pardo. O molho pardo se faz com sangue – e ela se lembra de haver visto frangos de pescoço cortado, pendurados num gancho, agonizantes, seu sangue vagarosamente pingando num prato. Agora, sempre que vê frango ao molho pardo, ela se lembra do sofrimento daquela ave inocente. Os bichos também sofrem.

O amor nos liga à natureza toda. Eu amo a natureza – os riachos de água limpa, as cachoeiras frias, as matas com suas samambaias, avencas, orquídeas, bananeiras, as borboletas, as cigarras, os pássaros. Nós, humanos, temos olhos deformados – não percebemos a beleza dos seres que são diferentes da gente. Mas todos eles, inclusive os besouros, as rãs, os lagartos, as marias-fedidas, as taturanas, os urubus – todos eles querem viver, sofrem, fazem parte deste nosso mundo e são necessários à sua existência. Todos eles são nossos irmãos – porque todos nós teremos o mesmo fim. Um dia nós voltaremos à terra e, quem sabe, renasceremos como besouro ou galinha...

Aquilo que eu amo eu quero proteger. Proteger o cachorrinho, o muro da casa, a natureza... Às vezes, a gente quer algo anterior ao proteger: a gente quer criar. Você ainda não é pai. Não tem, portanto, nenhum filho para proteger. Chegará um dia, entretanto, em que você desejará ter um filho. Para isso é preciso que você tenha os poderes de homem – para semear no ventre de uma mulher a semente do filho que você ama mas ainda não tem. Você deseja ser (ainda não é) administrador de empresa, cozinheiro, médico ou flautista: você ama essas coisas; mas ainda não é. O amor, sozinho, não faz milagres. Para ser qualquer uma dessas coisas você terá que, *devagarzinho*, ir desenvolvendo *poderes* no seu corpo, poderes que tomarão a forma ou de conhecimentos ou de habilidades.

Quando você tem essas duas coisas juntas, o *amor* e o *poder*, coisas muito bonitas acontecem. O *poder* torna possível a existência daquilo que a gente ama: gero um filho, planto um jardim, construo uma casa. O *poder*, assim, está a serviço da alegria. Pelo *poder* eu posso contribuir para que o mundo seja melhor. O *poder* e o *amor*, juntos, estão a serviço da preservação da *vida*.

Acontece, entretanto, que a *vida* anda devagar. Leva tempo para uma criança ser gerada. Leva tempo para uma árvore crescer. Por vezes, ao plantar uma árvore, a gente sabe que nunca se assentará à sua sombra.

Já a *morte* anda rápido. Mata-se numa fração de segundo. Basta puxar um gatilho. Ou pisar o bicho. Ou quebrar o ovo. Corta-se uma árvore que levou cem anos para crescer em poucos minutos: se for uma bananeira, basta um golpe de facão.

Você me perguntou sobre a maldade: maldade é isso – quando as pessoas sentem prazer no ato de destruir, isto é, quando as pessoas sentem prazer no exercício puro do *poder*, sem que esse *poder* tenha um objetivo de vida. *Bondade* é o *poder* usado para a vida. *Maldade* é o *poder* usado para a morte.

A adolescência é o momento da vida quando se descobre as delícias do *poder*. Criança tem amor mas não tem poder. Ela quer o sorvete mas não tem o dinheiro. A mãe segura, põe de castigo, dá palmada. A criança é impotente. Na adolescência o corpo se desenvolve. Fica maior que o corpo da mãe, o corpo do pai. Ganha força. Juntos, então, os adolescentes se constituem num exército poderoso. É por isso que os adolescentes gostam de estar juntos: isso lhes dá um sentimento de poder. Há coisas que nunca faríamos sozinhos. Mas, em grupo, tudo é permitido. As pessoas mais mansas podem se tornar monstruosas em grupo. No grupo a gente perde o senso da responsabilidade moral.

Como eu já disse, o *poder*, como fim em si mesmo, sem um propósito de amor, dá prazer rápido. Quebrar, pichar, riscar, arrancar, bater, cortar, esmagar – todas essas são formas do poder-prazer a serviço da morte.

Por isso, meu amigo adolescente, quero confessar uma coisa que nunca confessei: tenho medo de vocês. Porque o mundo que eu amo se parece com um ovo: está cheio de vida mas é muito frágil. Dentro dele estão coisas muito delicadas, fáceis de serem destruídas: plantas, insetos, ninhos, aves, músicas, poemas, livros, peixes, muros brancos, crianças, velhos, jardins...

O fascínio que vocês têm pelo *poder* me faz ter medo. Porque o *poder*, sem *amor*, é pior que *crack*: vicia sem cura. Tenho medo que vocês não resistam à tentação de quebrar o ovo onde eu e o meu mundo moramos.

Pena. Porque o meu desejo, mesmo, era dar para vocês, como herança, o meu ovo, na esperança de que vocês continuassem a chocá-lo, depois da minha partida. Por enquanto, entretanto, o meu ovo fica sob a minha guarda: ainda não encontrei os meus herdeiros.

Sobre o amigo[*]

Tive uma felicidade: recebi a carta de um amigo. Por causa dela mudei meus planos literários. Eu havia planejado escrever sobre o prazer da leitura. O prazer da leitura é um dos prazeres que habitam o meu ovo – aquele ovo que quero deixar nas suas mãos para ser chocado. Quero que você sinta a felicidade que sinto quando leio um livro saboroso. Livros podem ser saborosos, embora a maioria dos adolescentes não acredite nisso. Claro que há uma infinidade de livros chatos. Esses eu não leio. Gosto de jiló, mas raramente. Jorge Luis Borges dizia que

---

[*] Publicada originalmente em jornal com o título *Terceira carta a um adolescente – Sobre o amigo.*

só devemos ler os livros que dão prazer. Por que comer jiló contra a vontade se posso comer espaguete à putanesca, que eu adoro? Mas a carta desse amigo me deu felicidade maior que a leitura de qualquer livro do mundo.

Um amigo é a maior felicidade que se pode ter. Todas as coisas boas da vida ficam sem graça se não podem ser compartilhadas com um amigo. É o amigo que torna possível a alegria. Sem o amigo, as melhores coisas ficam tristes. Enquanto escrevo ouço as *Variações Goldberg*, de Bach. São lindas. Mas sua beleza se transformaria em alegria se um amigo as ouvisse comigo. Haverá coisa mais sem graça que beber cerveja sozinho? E o banho de cachoeira? O que torna o gelo da água uma coisa alegre são as risadas dos amigos.

Meu amigo está longe, em Santiago de Compostela. Santiago de Compostela é um lugar sagrado. Diz-se que coisas milagrosas ali aconteceram e ainda acontecem. Lugar de peregrinações: para chegar lá os romeiros têm de caminhar centenas de quilômetros. Eu mesmo tenho um relógio de sol de pendurar no pescoço, igual aos que os peregrinos usavam séculos atrás para achar o tempo, enquanto caminhavam. Meu amigo, Carlos Rodrigues

Brandão, está lá, morando numa água-furtada, sozinho, escrevendo.

Chegou-me a carta, escrita a mão, cuidadosamente dobrada em quatro. Dentro das dobras, duas folhas de carvalho, secas. Depois da data, 15 de novembro, entre parênteses, uma observação: (Tempestade na Galícia). Assim são as cartas dos amigos. Não bastam as notícias. É preciso que o amigo sinta junto, sinta bem. Aquela folha de papel dobrado estava cheia de raios, trovões, chuvas e frio. Foi isso que ele escreveu:

"Rubem, irmão querido,

Existe 'bem-querer', e existe 'bem-estar'. Devia haver 'bem-sentir'. Não é só que me sinto bem; eu sinto bem."

Quem não é amigo pergunta: "Mas qual é a diferença?". E segue, desatento. Mas a amizade começa por prestar atenção nas diferenças mínimas. Ele sabe que nelas está alguma coisa que é preciosa ao seu amigo. Assim se diferenciam os amigos dos "membros do grupo". Os "membros do grupo" – não importa que sejam *boys*, *manos*, *grunges* ou lá o que sejam – se comportam todos da mesma forma. Eles procuram as igualdades, os uniformes, representadas pelo jeito de pentear o cabelo, a marca do tênis, o bico do boné, se está para frente ou para trás, o comprimento da bermuda, a camiseta, se é polo ou não. Uniformes. Uniformes fazem rebanhos. Nos rebanhos todos balem igual. Amigo é quem não usa uniforme. A carta continua: "A solidão dói mas alisa. De longe tudo é nítido. E se compreende. Vivo a solidão que tenho. Quero ela como uma provisória querida. Nesta Espanha múltipla, tenho amigos de todo lado, mas, pelo menos por agora, vivo estar só. E sinto bem, sinto o bem. Ele me vem no silêncio. Pode ser a Vida. Pode ser Deus. Agora é um tempo de castanhas. Há delas por todo lado, nos bosques por onde ando. Tenho delas e nozes, colhidas nos quintais, aos montes, por aqui. Tenho mel de abelhas... Tenho batatas, *grelos*, couves e cebolas que os amigos me dão".

Coisa engraçada, essas coisas sobre o que os amigos escrevem, tão bobas, tão sem importância... Até parece poesia...

Adolescentes parecem não ter medo de nada. Não têm medo da velocidade, guiam carros e motos como loucos, na certeza de que são invulneráveis. Não têm medo das drogas, experimentam de tudo, na firme certeza de que nenhum mal poderá lhes suceder. Não têm medo de sexo, e vão gozando dos seus prazeres descuidados que muitas vezes terminam em gravidezes que arrasam vidas e em Aids. Parece, inclusive, que não têm medo de morrer. Loucões.

Mas adolescentes têm um medo medonho da solidão. Não conseguem ficar sozinhos, com eles mesmos. A solidão os deprime. Por isso não desgrudam do telefone. Por isso estão sempre em grupos. Mas essa sociabilidade de que é feito o grupo é o oposto da amizade. Porque ela é feita de igualdades. Todos têm de ser iguais. Quem é diferente está fora, não pertence. Não é convidado. Fica em casa.

A amizade é o oposto. Ela começa quando a gente não pertence a grupo algum. A amizade é o encontro de duas solidões. Duas solidões, juntas, fazem uma comunhão. A carta do Brandão é um texto de solidão. Ao lê-la aconteceu a comunhão. Bebemos, juntos, um copo de vinho que não havia, na distância que nos separa, sobre o Atlântico. Li e me calei. O silêncio é preciso para entender. A animação, o falatório, a necessidade de rir e estar alegre – tudo isso pertence a uma sociabilidade gostosa e banal – que nada tem a ver com a amizade.

Disse Fernando Pessoa: "Oh! A felicidade de não precisar de estar alegre!". Amigo é a pessoa com quem a gente pode estar triste sem que ele faça coisas para nos alegrar. Porque a tristeza também é parte da vida.

Sei que vocês têm tristezas. É para espantar a tristeza que vocês fazem tanta festa, ouvem música tão alto, procuram sempre o agito, e até fumam um baseado ou cheiram pó. É preciso espantar o medo de ficar adulto. Ficar adulto é se encontrar com a solidão, quando não mais se pode gritar: "Mãe, me pega no colo!", "Pai, me tira do buraco!". Aí se entende que tristeza é parte da vida, e não é para ser curada com remédios de psiquiatras. A tristeza, é para a gente ficar amigo dela. Quem faz amizade com a tristeza fica bonito, fica manso, fala baixo, escuta, pensa.

A carta do Brandão é um texto de solidão e alegria.

"Trouxe o Fernando Pessoa comigo. E hoje me chegou a sua carta. O que mais eu posso querer?"

É um texto de amizade. Vou guardá-la numa gaveta onde ponho as cartas dos amigos. Pelo resto de minha vida ela me trará alegria. Desejo que vocês tenham amigos assim. Amigos são raríssimos. ("Eu quero ter um milhão de amigos": o Roberto Carlos estava louco quando escreveu isso. Amizade requer tempo. Como posso ter tempo para um milhão? Deveria reescrever a canção: "Quero ter um milhão de fãs".) Não importa. Basta um amigo para encher a solidão de alegria.

Sobre os livros[*]

Hoje vou lhe revelar um segredo: eu sou antropófago. Um antropófago é uma pessoa que se alimenta de carne humana. Eu como carne humana.

Fui introduzido nesse hábito muito cedo, quando ainda menino, em circunstâncias que passo a esclarecer.

Naqueles tempos a vida era muito diferente. O tempo era muito mais comprido do que é hoje. Cada ano durava três. Duvida? Acha que isso é impossível, que os relógios andam sempre na mesma velocidade? Vejo que

---

[*] Publicada originalmente em jornal com o título *Quarta carta a um adolescente – Sobre livros*.

você conhece pouco de literatura. Se conhecesse certamente teria lido o livro *Alice no país do espelho*, de Lewis Carroll. A Alice e uma Rainha, acabada de sair de um tabuleiro de xadrez, se põem a correr furiosamente e o fazem por vários minutos. Ao fim, Alice descobre que não haviam saído do lugar. Diz ela: "Estranho, no meu país quando a gente corre vai para um outro lugar". Comenta a Rainha: "País vagaroso, o seu. Aqui, para se sair do lugar, é preciso correr três vezes mais rápido do que corremos". Eu, pessoalmente, nunca estive em país assim. Mas estou dizendo que conheço tempos em que era assim: na minha infância o tempo era rio da planície, vagaroso; agora, é cachoeira, furioso. No dia 1º de janeiro o Natal já se anuncia.

Tempo vagaroso, um vazio imenso! O que fazer? Não havia clubes. Pobre, nem falar em bicicleta ou patins. Não havia televisão. As diversões eram pegar passarinho no mato, pescar e fabricar nossos próprios brinquedos, o que era a parte mais divertida da brincadeira. E havia, aos domingos, o cinema, fita em série, mocinhos contra os índios, ao preço de dez tostões.

Aconteceu que meu pai, que estudara francês e literatura por conta própria, sem ter terminado o curso primário, se tornou sócio de um tal "Club do Livro". Mensalmente chegavam livros: feios, de papel jornal, as folhas unidas, tinham de ser abertas a faca à medida que se lia. Como eu não tinha outra coisa para fazer, comecei a ler aqueles livros sem que ninguém me mandasse. E fiquei apaixonado. Cada livro era uma viagem. Li de tudo, de *O tronco do ipê* até *Madame Bovary*. Como eu era menino, acho que não entendia quase nada. Nem podia. Mas o fato é que gostei e me apaixonei pelos livros.

Toda regra tem exceção, eu sei, mas a regra é que adolescente, hoje, não gosta de ler. Adolescente prefere vídeo. E há razões para que vocês não gostem de ler.

A primeira delas tem a ver com o seu medo da solidão. Adolescente não suporta estar só quando a turma está no agito. Acontece que leitura exige tempo solitário e tranquilo. O tempo solitário da leitura está cheio de prazeres. Mas, para se descobrir isso, é preciso um tempinho, tempinho para entrar no mundo do livro – e é justamente essa paciência que falta aos adolescentes. Adolescentes desejam prazeres rápidos, imediatos, cultivam a ejaculação precoce.

A segunda razão é que leitura é coisa de escola. E é quase impossível estudar literatura, na escola, sem desenvolver um horror absoluto pelos livros. Não conheço ninguém que tenha chegado ao prazer dos livros através do estudo da literatura, embora conheça muitos que, seduzidos pelo deleite da leitura, acabaram se interessando pela literatura. Estuda-se, não pelo prazer de ler, mas para passar no exame. Há, inclusive, os famigerados "resumos" dos livros: dicas para passar na prova sem ter lido o livro. Será possível resumir uma música, uma piada, um beijo? De novo, a questão do tempo. O tempo da leitura é o tempo do rio vagaroso, arrastado. A gente vai pelo texto, bem devagarinho, a canoa desliza lenta e prazerosa pelo rio das palavras. Já o tempo do estudo da literatura é o tempo apressado das corredeiras e cachoeiras, o tempo passa, o vestibular vem aí.

A outra razão porque vocês e pessoas outras não gostam da leitura, eu aprendi por acaso. Ouvi uma pessoa ler um poema que eu muito amo e o achei horrível. Pensei: "Como pode ser assim?". Aí me veio a iluminação: gosto muito dos prelúdios de Villa-Lobos para violão. São maravilhosos. Alguém disse que esses prelúdios são, para o violão, aquilo que os estudos de Chopin são para o piano: realizações supremas da técnica e da beleza. Assim, se o Segóvia toca um prelúdio, é aquele deleite. Mas se um principiante toca o mesmo prelúdio, é um horror. A beleza só aparece quando a técnica foi totalmente dominada. Ao executar a peça, o virtuose nem se lembra de que ele tem dedos: os pássaros, ao voar, estão completamente esquecidos das asas.

Leitura é assim também. Se a técnica não foi dominada, a leitura é um sofrimento. Mas isso é coisa que tem de ser aprendida. Demanda esforço. E eu pergunto: "Quem ensinou vocês a ler?". Não, não estou me referindo à professora que alfabetizou vocês. Ela só ensinou o dó, ré, mi, fá. Quem leu para vocês ouvirem? Quem revelou a vocês a música da leitura? Basta que se ouça uma pessoa lendo para saber se ela está tendo prazer ou se está simplesmente se arrastando pelas palavras. A leitura tem de ser ensinada da mesma forma como se ensina a tocar violão ou piano.

Leitura é uma deliciosa forma de alienação. Alienar é sair de si. Pois é isso que a leitura me faz: eu saio de mim, viajo por lugares onde nunca fui, sinto o que outras pessoas sentiram. Gosto muito de cinema; mas o cinema nunca é igual à leitura. Na leitura, a gente acompanha não apenas as ações das pessoas como também os seus pensamentos.

Murilo Mendes, escritor delicioso que faz pensar pensamentos de voo, escreveu: "No tempo em que eu não era antropófago, isto é, no tempo em que eu não devorava livros – e os livros não são homens, não contêm a substância, o próprio sangue do homem?". Como o Murilo Mendes, sou antropófago. Sou antropófago porque devoro livros. Como os livros porque são gostosos. Se você não tem prazer na leitura, lamento informar que você é castrado: falta-lhe um órgão de prazer. E porque esse órgão lhe falta, você será mais pobre na sua capacidade de dar prazer aos outros. Possivelmente você se transformará num chato que fica o tempo todo falando um samba de uma nota só.

Se eu fosse seu pai, neste Natal não lhe daria nem tênis, nem camiseta, nem patins, nem joguinho de computador: eu lhe daria um livro.

Sobre as drogas[*]

Pode ficar tranquilo: eu não vou informá-lo cientificamente sobre o perigo das drogas. Informações só são úteis quando um desejo as chama: quando o meu desejo é fazer uma viagem, procuro as informações úteis num *Guia Quatro Rodas*; se o que desejo é preparar um prato que não conheço, trato de encontrar as informações pertinentes num livro de receitas; quero falar com uma pessoa, não sei de cor o número do telefone, procuro o seu nome na lista telefônica. Assim são úteis as informações, como ferramentas para a realização de um desejo.

---

[*] Publicada originalmente em jornal com o título *Carta a um adolescente – Sobre drogas*.

Mas as informações são totalmente inúteis para se modificar um desejo. O fumo pode produzir câncer, derrame cerebral, enfisema. O cigarro mata. Todo mundo sabe disso. As informações se encontram em todos os lugares – inclusive nos maços de cigarro. Mas nem a informação científica sobre a possibilidade de morrer antes da hora altera o hábito dos fumantes. Programas de educação sobre os perigos das drogas baseados em informações são uma perda de tempo e dinheiro. Informações científicas não alteram o comportamento. Se assim fosse, nenhum médico fumaria.

Não tenho dados estatísticos. Mas eu gostaria que se fizesse um estudo comparativo sobre os estragos que o fumo faz e os estragos que as drogas fazem. Os estragos que as drogas fazem são mais dramáticos. Dão até filme. Já os estragos do cigarro são vagarosos, levam tempo. Diferenças de estratégia: as drogas cobram a vista, os cigarros cobram a prazo. Mas todos têm de pagar. De um ponto de vista bioquímico, o cigarro também é uma droga. Quem fuma é um drogadito.

Não vou dar informações porque elas são inúteis e você não é bobo. Nem vou dar conselhos paternais. Não há coisa que adolescente deteste mais que conselhos paternais e diálogo. A regra é a seguinte: velho deu conselho para adolescente, o adolescente faz o contrário. Ele não tem alternativas: é obrigado a fazer o contrário. A adolescência, definida como patologia psicológica, é uma programação mental, frequentemente temporária, que compulsivamente obriga a pessoa que dela sofre a fazer o oposto do que dizem os pais e os seus aliados. Assim, não vou dar conselhos. Sou psicanalista: o meu ofício me proíbe de dar conselhos. Dito pelo Fernando Pessoa/Bernardo Soares: "Dar conselhos é insultar a faculdade de errar que Deus deu aos outros. Apenas é compreensível que se peçam conselhos aos outros para saber bem, ao agir ao contrário, quem somos...".

Há determinados atos que não são feitos em solidão. Por exemplo: beber cerveja. Você já viu algum comercial de cerveja, o cara bebendo a cerveja em casa, no quarto, sozinho? Pode até ser que alguém goste de beber cerveja sozinho – mas isso é raro, e o tal tipo com certeza é meio esquisito, não tem amigos. Sozinho, a cerveja não tem o mesmo gosto. Falta alegria. Cerveja é coisa de festa, estar junto.

Cerveja é coisa sagrada, sacramento. Sacramento, segundo os teólogos, é uma coisa que não é só ela. Ela contém uma outra – que é precisamente a mais importante. Segundo os teólogos, o pão e o vinho contêm o corpo de Cristo. Pois a cerveja contém o corpo dos outros, o sorriso dos outros, a amizade dos outros. Beber uma cerveja com os amigos é afirmar pertencer ao conjunto dos amigos. Coisa da teoria dos conjuntos em matemática. João pertence ao conjunto daqueles que estão bebendo cerveja. O fato de todos beberem, com ele, atesta que ele não está sozinho. Se bebesse Coca-Cola, ele estaria fora do conjunto.

Para as crianças, o conjunto importante é o dos pais. Pode ser que elas estejam absortas, brincando com os amiguinhos. Mas na hora do aperto é para os pais que elas correm. O conjunto "crianças brincando" está contido num conjunto maior onde se encontram o pai e a mãe. A identidade das crianças se define por referência aos pais.

A adolescência começa quando a criança mata os pais – apaga-os do seu conjunto. Adolescente morre de vergonha de carinhos melosos dos pais, à vista dos companheiros. A melosidade dos pais é sinal de que eles ainda não conseguiram sair do curral, ainda são ovelhinhas do papai e da mamãe. Por isso o adolescente cria uma série de "sacramentos negativos" – símbolos de "não pertencer" ao conjunto dos pais. Dou-lhes até um moto em latim: *Nitimur in vetitum*: esforçamo-nos para o proibido! "Se faço o que os meus pais e o mundo deles proíbem, isso quer dizer que não pertenço mais ao mundo deles!" Mas não basta que seja assim. É preciso que os outros saibam. Daí a importância do sacramento. Divirto-me andando, de manhã, e vendo os adolescentes que estão indo para a escola. Há umas adolescentes, de uns 15 anos, com o cigarrinho pendurado na boca. Não, não é o cigarro *high society*, no meio dos dedos médio e indicador, mãos languidamente estendidas. Cigarro assim é sacramento do mundo dos pais. O cigarrinho vai dependurado, o rosto compondo uma máscara de deboche e depravação. A mocinha não sabe, mas ela está dizendo: *nitimur in vetitum*: habito um mundo que, se meu pai e minha mãe soubessem, ficariam horrorizados!

Ao lado dos "sacramentos negativos", que atestam o "não pertencer ao conjunto", há os "sacramentos positivos" – como a eucaristia e a cerveja – que atestam o "pertencer ao conjunto". O sacramento tem, obrigatoriamente, de ser algo proibido. Não pode ser nem tomar sorvete, nem recitar o credo apostólico. Esses seriam atos que trariam deleite aos pais. "Que filhos encantadores, coroação de um lar exemplar e uma educação cristã!" É preciso que o sacramento implique transgressão do mundo dos pais – um ato de violência.

Veja: é preciso que haja um rompimento com o mundo dos pais. Dito pelo Gibran Khalil Gibran: "Vossos filhos não são vossos filhos... Podereis abrigar seus corpos, mas não suas almas. Vós sois os arcos dos quais vossos filhos são arremessados como flechas vivas... Que o vosso encurvamento na mão do Arqueiro seja vossa alegria...". Mas a imagem da flecha contém um engano. O Arqueiro dispara a flecha; a flecha voa para o alvo mirado pelo Arqueiro. Mesmo voando, ela está à mercê do desejo do Arqueiro. Quanto aos filhos, a verdade é outra. Gibran deveria ter dito: "Disparadas as flechas, elas se transformam em aves que voam como querem e não como o Arqueiro deseja".

Seria lindo assim, as flechas se transformando em pássaros, os filhos saindo da segura e alegre gaiola da infância para os espaços livres pelos quais os pais não conseguem voar. Voam os filhos e nós ficamos.

Sim, seria lindo! Mas vocês, adolescentes, não são flechas-pássaros, livres da gaiola, voando pelo espaço livre. São pássaros que, saídos de uma gaiola, logo entram dentro de uma outra. Os arames dessa nova gaiola são diferentes dos arames das gaiolas paternas, que vocês viam. São invisíveis. Sem identidade própria – sozinhos vocês se sentem perdidos –, vocês precisam dos outros. O seu espelho é o sorriso de aprovação dos outros que compõem o grupo: grupo-gaiola. Mas, para entrar na gaiola onde mora a sua identidade, é necessário participar dos sacramentos. Como na Igreja: primeira comunhão. O proibido: *Nitimur in vetitum*. E haverá algo que seja mais proibido que as drogas? As drogas são o sacramento de participação no grupo que lhes confere identidade. No seu momento inicial, as drogas são sempre uma experiência de pertencer. O solitário não consome drogas – ele não quer pertencer – ele vive só...

Os especialistas procuram, por detrás das drogas, experiências infantis de horror e falta de amor: os pais são os culpados. Eu acho diferente: no fundo das drogas está a busca de identidade e amor por parte de alguém que é fraco demais para enfrentar a solidão. Toma o sacramento para não estar sozinho, para não ser diferente, para pertencer ao grupo. Afinal, a adolescência é um terrível medo da solidão.

Jiló e calango

Resolvi fazer o que eu temia. Vou tomar o risco. Vou dar o meu ovo. Ovos de ave têm casca de carbonato de cálcio e se botam em ninhos, para serem chocados com o traseiro do bípede de penas. Meus ovos têm casca de palavras e se botam nos ouvidos, para serem chocados num lugar entre a cabeça e o coração.

Nasci em Minas, estado onde acontecem muitas coisas estranhas. Ouvi o caso de um homem que morava num fim de mundo, nunca havia saído do seu buraco, nada conhecia de diferente: gostava de jiló. Gostava tanto que no café da manhã bebia vitamina de jiló; no almoço comia jiló cozido; no jantar, sopa de jiló; como sobremesa, jiló em calda. No dia seguinte variava o menu: no café da manhã, bolinhos de jiló; no almoço, jiló frito; no jantar, suflê de jiló; de sobremesa, musse de jiló.

Aí ficaram com pena dele, e lhe levaram comidas que ele não conhecia, pastéis de carne, bolinhos de arroz, salada de tomate com pepino, doce de figo em calda. Ele se recusou a comer, ficou indignado, disse que queriam envená-lo, bom mesmo era jiló e bateu a porta na cara dos visitantes.

Claro que esse é um *causo* inventado, mas coisa parecida acontece o tempo todo – gente que se recusa a comer qualquer comida diferente: vai viajar para o exterior e quer continuar a comer arroz e feijão.

E há tantas coisas boas e diferentes para comer! Cada país tem o seu jeito único de lidar com os gostos. Tem as cozinhas da Índia, da China, do Japão, do Líbano, da Grécia, da Itália, da Indonésia, da Alemanha, da Espanha, de Portugal, do México, da França: cada uma delas faz despertar um jeito diferente de sentir gosto. No princípio é esquisito, mas logo a boca descobre os prazeres novos. É preciso experimentar o diferente.

Culinária é uma arte que se dedica a produzir prazeres para a boca. O que eu disse sobre ela vale também para uma outra arte irmã sua, de igual dignidade, dedicada a produzir prazeres para os ouvidos: a música.

Meu pai tinha um sítio. Diversão não havia, naqueles tempos. A única diversão dos peões era jogar malha e tocar cavaquinho. Todos eles tinham um cavaquinho. No fim da tarde se reuniam para fazer música. Um deles dava o tom da afinação, todos os outros o seguiam, e juntos se punham animadamente a tocar uma música chamada "calango". Era a única que eles conheciam. Aí, enjoavam de tocar naquele tom, faziam uma afinação diferente, e tocavam de novo o calango. E assim varavam a noite. Tocando sempre a mesma coisa com a ilusão de que era diferente. Iguais ao homem que comia jiló.

Música é coisa muito poderosa. Tem poderes mágicos de fazer coisas com o corpo e com a alma. Tem o poder de nos tirar de onde estamos e fazer-nos viajar por mundos diferentes. Ouvir música é fazer turismo por tempos e espaços desconhecidos. A música se apossa do corpo, e a gente voa.

Ouço canto gregoriano: estou dentro de um mosteiro medieval, com seus vitrais. A gaita de foles escocesa, o instrumento proibido de *Coração valente* tem uma pungência de dilacerar o coração: aquelas campinas sem fim... Vivaldi me transporta para Veneza, cidade onde nasceu. Mozart me faz menino de novo, *Uma pequena serenata*. Händel tem o gigantesco *Messias*, e também a deliciosa *Música aquática*, composta para ser tocada numa festa no rio Tâmisa. Quando eu me sinto confuso e aflito, deito-me no chão e ouço Bach: a música de Bach põe todas as minhas peças soltas nos seus lugares. Beethoven: só de pensar nele eu choro. A imagem que me vem é a de um homem, só, sobre um rochedo, contemplando um mar furioso. Beethoven lutou contra o Destino, e venceu. Surdo, compôs a sonata *Hammerklavier* e a *Nona Sinfonia*, que é um hino à alegria. E há tanta coisa mais nesse bufê sem fim de pratos musicais: o *Bolero* de Ravel, a música indiana, as flautas dos índios do Peru e do Equador, a música japonesa tocada por Jean Pierre Rampal, na flauta, ou por James Galway. Messiaen – seu *Quarteto para o fim dos tempos* foi composto no campo de concentração e tocado por prisioneiros. Gorecki, Boulez, Holst. Meus filhos adolescentes me apresentaram a Keith Jarrett e a Pink Floyd. Os Beatles são eternos. E confesso mesmo algo que nunca pensei que fosse me acontecer: estou gostando do Sidney Magal &

Big Band, cantando bolerões antigos do tipo *Renúncia*... E até os Mamonas eu amei. Como veem, o meu cardápio musical é variado. E levou tempo para que eu aprendesse a gostar dessas músicas todas.

A música faz parte de mim. Me dá felicidade. Gostaria de compartilhar a música de que gosto com vocês, da mesma forma como se compartilha comida. É muito pobre ficar sempre só com o mesmo tipo de música. Mas confesso: nunca vi adolescente ouvindo essas músicas. Quando os carros param juntos, no sinal vermelho, é quase certo que vou ser agredido pelo bate-estacas. Me lembro, então, do comedor de jiló e dos tocadores do calango.

Nos anos 50 (vejam como sou velho...) vi o filme *Chá e simpatia*. Adolescentes num *college* americano. Todos iguais: mesmos tênis, mesmas calças, mesmas camisetas, cabelo escovinha, todos machos. Era preciso ser igual para pertencer ao grupo. Mas havia um, coitado, que era diferente: o cabelo, sedoso e macio, não dava para o corte escovinha. E quando a turma ia para o futebol, ele preferia ir sozinho para o concerto porque não gostava de futebol. Riam dele. Diziam que era *gay*.

Imagino o que aconteceria se um de vocês, de repente, começasse a gostar de Bach ou de Mozart. Acho que aconteceria o mesmo que aconteceu com o moço do filme. Os adolescentes são cruéis com aqueles que têm coragem de ser diferentes.

Meu ovo está cheio de músicas diferentes. Gostaria de convidar vocês para provar os pratos desse bufê musical. Tudo bem se não gostarem. Mas é preciso experimentar, experimentar com vontade. O que não é possível é ficar comendo só jiló, ou ouvindo só o calango. Mas vocês não são de todo culpados. As escolas poderiam ter ajudado, se fossem inteligentes. Mas elas não acham que música seja importante. Em compensação, vocês têm de estudar análise sintática...

Entre Troia e Orlando*

Já fui adolescente. Faz muito tempo mas ainda me lembro. Fui adolescente, vocês são adolescentes. Dito assim, é como se vocês estivessem vivendo agora – presente – no mesmo cenário em que já estive – passado –, a adolescência. Como se isso existisse, adolescência, uma fase psicológica abstrata e universal, sempre igual para todos. Mas isso não é verdade. Minha adolescência está tão distante da adolescência de vocês quanto Troia está distante de Orlando.

---

* Publicada originalmente em jornal com o título *Cartas aos adolescentes – Entre Troia e Orlando*.

O que nos separa não são os tênis, carros, internet, *videogames*, liberdade sexual. É verdade que no tempo da minha adolescência não havia nada disso. Mas a diferença está em outro lugar. O que nos define como seres humanos são as batalhas que travamos. Frase latina para ser pendurada numa parede, como moto: *Pugno, ergo sum*: eu luto, logo existo. São as batalhas que travamos que nos fazem inteiros, que nos dão unidade. Quem não tem batalhas a travar se fragmenta em dez mil estilhaços: é um quebra-cabeça desarrumado.

As batalhas a travar variam segundo o momento histórico em que se vive. Para os portugueses, era do mar sem fim – mistério e perigo! (sobre isso leiam Fernando Pessoa) – que vinha o desafio. Eles o aceitaram, e entraram nele em suas frágeis caravelas. Os bandeirantes, eram as matas, os rios e as montanhas que os chamavam, e eles se meteram nas selvas, muitos para nunca mais voltar. Já os alpinistas – o Everest, o Aconcágua! –, são esses gigantes feitos de pedra, neve, solidão e morte que os desafiam, e eles arriscam suas vidas por abismos e avalanches, pelo puro prazer da luta.

Nos anos da minha juventude, o desafio nos vinha de um dragão que devorava os homens. De repente, saindo da inocência feliz da infância, a gente viu crianças que morriam de fome, procurando comida nas latas de lixo, catando caranguejos nos mangues, homens e mulheres vivendo como animais, *Vida e morte severina*, um mundo coberto com os cadáveres das guerras. Eram os anos dos horrores da guerra do Vietnã, da luta pelos direitos raciais nos Estados Unidos (se ainda não viram, vejam o filme *Mississipi em chamas*), da luta pela reforma agrária no Brasil (se ela tivesse sido realizada, os sem-terra não estariam onde estão, nos causando medo, e a violência nas cidades não seria como ela é).

Tinha sido sempre assim. Mas nos haviam ensinado que essa era a ordem natural das coisas, de sorte que os nossos olhos viam tudo mas não viam nada. Mas, de repente, nossos olhos se abriram. E dentro de nós cresceu uma indignação: o que era não podia ser, o que era não tinha o direito de ser. Indignação e esperança: o mundo pedia para ser transformado e ali estávamos nós, guerreiros, prontos para a batalha contra o dragão da maldade.

A batalha, com todos os seus perigos, nos dava razões para viver. Quem encontra razões para viver encontra também razões para morrer. Guerreiro é alguém que, tendo encontrado razões para viver, tem a coragem de correr o risco de morrer.

Hoje o que horroriza os pais são as drogas. Naquele tempo o que horrorizava os pais eram os perigos da batalha. Muitos foram se defrontar com o dragão com suas frágeis lanças e espadas de bambu. Muitos morreram. Muitos foram para as prisões.

Mas havia outros que, sem saber manejar lança ou espada, preferiam as colheres de pedreiro, as pás, as enxadas, os serrotes e os martelos. E foi assim que se espalharam por todo o mundo os "acampamentos de trabalho": adolescentes de países diferentes e de tradições religiosas distintas se reuniam para, durante as férias, viver e trabalhar juntos em algum lugar de pobreza, construindo uma escola, abrindo um poço, plantando uma horta, abrindo caminhos, canalizando esgotos, alfabetizando. Eu mesmo participei de um deles: ajudei a construir uma escadaria de pedra e concreto na favela da Gamboa, no Rio de Janeiro. Ao final do dia, cansados e sujos, era o banho frio, a sopa quente, a conversa, a camaradagem, o sono abençoado. A alegria.

Havia muita esperança. A gente acreditava que o nosso trabalho estava ajudando o mundo a ficar um pouco melhor. E isso nos enchia de alegria. Lutávamos e por isso éramos. Éramos as batalhas que travávamos.

E agora eu pergunto: Quem são vocês? Digam-me as batalhas que vocês estão travando para que eu saiba quem vocês são.

Eu estava nos Estados Unidos. Deveria dar uma aula para os alunos de um *college*. Mas na véspera os *marines* invadiram a ilha de Granada. Eu fiquei furioso. Resolvi desafiar os jovens que iriam me ouvir. Durante toda uma hora denunciei a arrogância e a prepotência dos Estados Unidos na política mundial. Provocação pura. Eu esperava a reação. Mas ela não veio. Aqueles rostos rosados e bem nutridos ficaram impassíveis. Indiferentes ao destino do mundo. Depois da aula, o professor me explicou que a geração de guerreiros fora enterrada. Agora era a geração dos indiferentes que só desejavam tirar o diploma e arranjar um emprego. "Se eu ficar nu e subir sobre a mesa, eles permanecerão igualmente impassíveis. Um aluno levantará a mão e me perguntará: 'Professor, isso vai cair na prova?'"

Confesso que vocês não me parecem guerreiros. Os guerreiros, a gente os conhece pelo olhar: eles olham para os horizontes. Mas vocês – perdoem-me se estou errado! – só olham para o seu próprio umbigo. Vocês olham para dentro. Não importa se estão nas praias ou nas montanhas, vocês só veem uma coisa que não é nem praia nem mar, nem montanha nem mata – vocês só veem o espaço da "curtição". Troia e Orlando, guerreiros e curtidores...

E, no entanto, há tantas batalhas a serem travadas. Visitei, faz poucos dias, uma cidade cujo nome, por vergonha, eu não vou revelar. Era um lixo total. Lixo nas ruas, lixo nos campos, lixo nos lugares públicos, lixo nos restaurantes. O cenário era desolado: os campos nus, uma terrível ausência de árvores. Pensei que, com um pouquinho de imaginação e quase nada de dinheiro, a prefeitura poderia fazer um mutirão de todo mundo: o prefeito na frente, de bermuda e sandália, os vereadores, advogados sem gravata, profissionais liberais de todos os tipos, padres e pastores – para catar o lixo e arborizar a cidade. Seria coisa linda tão insólita que até apareceria no *Fantástico*... E o prefeito até poderia se candidatar a governador... Mas as pessoas já estão acostumadas à sujeira e à devastação. Cada vez nos aproximamos mais dos suínos. Foi lá, naquela cidade desolada (e famosa) que me lembrei dos acampamentos de trabalho. Pensei então que se o povo do lugar não tem ideia nem vontade, os adolescentes e jovens bem que poderiam... Já imaginaram isso? Um exército de moços que vai espalhando vida e beleza por onde passa?

No meu tempo, o inimigo era o dragão que devorava homens. O dragão mudou seus hábitos alimentares. Hoje, além de devorar homens, ele devora florestas, lança seus excrementos nos rios, polui as águas, suja as praias, deposita nos mares os seus detritos e vai envenenando o ar com os seus gases tóxicos.

Vocês bem que poderiam se transformar em guerreiros. Convido vocês a se mudarem de Orlando, lugar de "curtição", para Troia, lugar onde vivem os guerreiros.

CARTAS
SOBRE
SEXO

Sexo é coisa simples*

Sexo é coisa muito simples. Eu explico os essenciais em poucas linhas. Mas, para que as explicações expliquem, é preciso começar no lugar certo.

Quem começa explicando o sexo falando sobre o sexo explica errado. Sexo não começa nos genitais e nas coisas que eles fazem. Pra se entender o violino há de se começar com a música. Pra se entender o sexo há de se entender a música que ele toca.

---

* Publicada originalmente em jornal com o título *Conversas sobre sexo (I) – Para crianças, jovens, adultos e velhos*.

Numa orquestra são muitos e diferentes os instrumentos. Cada um produz som de um jeito. Basta comparar um flautim com uma tuba. Mas todos tocam a mesma música. Todos querem produzir beleza. O corpo é uma orquestra. São muitas as suas partes, e diferentes. Mas todas tocam a mesma música.

A música que o corpo quer tocar se chama *prazer*. Freud disse. Mas não foi novidade ou descoberta. Freud só fez repetir o que muitos pensadores e poetas haviam dito antes dele. Freud só fez lembrar aquilo que havia sido esquecido.

Os instrumentos da orquestra-corpo são os seus órgãos.

Os órgãos, todos eles, têm uma função prática: são ferramentas. Os olhos são instrumentos para se ver o que está longe. Vejo o caqui vermelho no caquizeiro. Se eu não tivesse olhos, o meu corpo passaria a um metro do caqui, indiferente. Mas os meus olhos veem. Eles veem e o corpo deseja. Querem comer o caqui. Mas olho sozinho não come nada. O corpo convoca então um outro instrumento: a mão. A mão é uma ferramenta para segurar. A mão segura o caqui. O corpo dá ordens ao braço. Ele se movimenta: leva o caqui à boca. A boca é outra ferramenta. Com a boca se come. A boca é o órgão que serve para colocar dentro do corpo aquilo que estava fora. A boca mastiga. Os dentes são pilões. Os ouvidos são ferramentas que entram em funcionamento no mundo dos sons, onde os olhos não entram. Ouvimos o despertador, o telefone, as notícias no rádio, a sirene da ambulância. O médico ouve as batidas do coração. O nariz, por sua vez, se move no mundo dos cheiros, onde nem olho nem ouvido penetram. O cheiro bom nos seduz à aproximação: as flores do jasmim, o churrasco, o perfume francês. Já os fedores, utilíssimos, nos dizem que algo está errado. Alguém deixou o gás aberto: perigo de explosão ou envenenamento! Mau hálito: deve haver algo errado com a boca ou com o estômago. Chulé: sinal de fermentação e micose no pé. Isso que disse desses órgãos vale para todos: todos têm uma utilidade.

Além disso, esses mesmos órgãos e membros são lugares de prazer. O olho tem prazer vendo o caqui, o pôr do sol, o rosto amado, o quadro. Os meus têm deleite especial nas telas de Monet. Pelos ouvidos entra a música, o ruído da chuva, o repicar de sinos distantes. Na boca, os prazeres do vinho, do salmão grelhado com alcaparras, da jabuticaba. Cada órgão sente prazer de uma forma especial que lhe é peculiar.

Entre os órgãos da orquestra-corpo estão os órgãos sexuais. Não há nada de especial que os distinga dos outros. Como os demais órgãos, eles são fonte de prazeres. Os prazeres do sexo são variados. Vão desde uma sensação muito suave que mais parece uma coceira de bicho-de-pé e que chega a provocar riso, até um prazer enorme, explosão vulcânica, que tem o nome de orgasmo, e que deixa aqueles que por ele passaram semimortos. Mas esse prazer vulcânico, que muitos pensam ser a coisa mais importante, o objetivo do sexo, eu acho que é semelhante aos três ruidosos acordes ao fim de uma sinfonia: grandiosos, fantásticos. Mas eles anunciam o fim da brincadeira. Há mesmo casos de os tais três acordes acontecerem mal a sinfonia começou. Não vejo vantagem nisso, embora os galos e as galinhas pensem o contrário. Bom mesmo é o *Bolero* de Ravel, que vai devagar, demora para terminar.

Os órgãos do sexo tornam possível uma brincadeira entre os dois parceiros. Brincadeira, sim. Cada corpo é um brinquedo. Brinquedo, porque o outro brinca com ele. Brincar é divertido. Dá prazer. Dá alegria. Quando um parceiro sente que o seu corpo é um brinquedo do outro, é como se o outro lhe dissesse: "O seu corpo é um lugar de alegrias para mim". Sobre isso aconselho sacerdotes, pastores e líderes espíritas a fazerem sermões e meditações sobre o livro *Cântico dos cânticos*. Esse livro, sagrado, deveria ser o primeiro a figurar em qualquer bibliografia de educação sexual. A educação sexual começa com poesia e não com anatomia e fisiologia. Mas o corpo é um brinquedo brincante. Brinquedo que também brinca com o corpo do outro. Essa brincadeira entre os parceiros termina com a união dos dois. Está dito no livro de *Gênesis* "... e serão ambos uma só carne". A experiência de união dos corpos é uma experiência de prazer e de alegria. Mais do que isso: é uma experiência metafísica – como se, naquele momento, a gente retornasse à condição a que os inventores de mitos deram o nome de "androginia": o masculino e o feminino unidos, num momento de incandescência erótica. Essa experiência pode ser representada matematicamente: com dois se faz um.

O sexo tem também uma função útil. Os órgãos sexuais são ferramentas. Máquinas. Com eles se fazem criancinhas. Nos tratados de medicina, que por serem científicos não conseguem falar sobre o prazer e a alegria, os órgãos do sexo são definidos exclusivamente em função de sua utilidade: "aparelho reprodutor". Algumas religiões, achando que o prazer sexual foi invenção do Diabo – não acreditam que Deus pudesse nos dar prazeres! –, acham que sexo é só máquina de reprodução – o prazer sendo uma fonte de pecados. Prefeririam sexo por dever, e não por prazer. A produção de novos seres humanos é coisa útil porque, se isso não acontecesse, a humanidade acabaria. Um filho é uma garantia de que, de alguma forma, haverá alguém para tomar conta das coisas que eu amo, depois que eu morrer. Matematicamente essa função de reprodução pode ser assim representada: com dois se faz três.

Isso é tudo. Viram como é simples? Sexo não é complicado.

Complicados são os pensamentos dos seres humanos sobre ele. Os homens, por razões que não entendo, passaram a considerar o sexo uma coisa vergonhosa. Segundo os textos sagrados já citados, a primeira consequência da indigestão que Adão e Eva tiveram, após comer uma fruta proibida, foi que os seus olhos sofreram uma perturbação, e aquilo que tinha saído lindo das mãos do Criador ficou, repentinamente, ridículo e vergonhoso: se cobriram com tangas de folhas de figueira, porque tiveram vergonha da sua nudez. Voltaremos ao Paraíso quando pudermos contemplar o corpo da mesma forma como o Criador o contemplou. Isso é algo que pode acontecer de forma efêmera, quando duas pessoas que se amam estão brincando sexualmente, uma com a outra.

A folha de figueira

Quando a história da educação sexual do mundo ocidental for escrita, ver-se-á que ela claramente se divide em duas fases distintas e opostas. A primeira fase pode ser resumida na frase "é preciso colocar a folha de figueira". A segunda fase, a atual, é o contrário da primeira, e sua palavra de ordem é: "é preciso tirar a folha de figueira".

Confesso ignorar as razões por que os órgãos do sexo e suas funções se tornaram motivo de vergonha. É essa vergonha que levou pintores e escultores a cobrir as partes pudendas de homens e mulheres com folha de figueira. Já imaginaram cobrir os olhos, ou a boca, ou a mão – como se fossem órgãos vergonhosos? Tudo não foi criado por Deus? Se foi Deus que criou, tem de ser bom, como muito bem disse Santo Tomás de Aquino. Das mãos perfeitas de Deus, artesão supremo, não pode sair coisa alguma que cause vergonha.

O fato é que, segundo as Sagradas Escrituras (*Gênesis* 3:6-7), depois de sofrerem uma perturbação provocada por uma fruta que comeram sem permissão, Adão e Eva começaram a ter vergonha um do outro. Essa vergonha foi ocasião para o aparecimento da primeira profissão, a de tecelão: a fim de se livrarem da vergonha, Adão e Eva teceram tangas com folhas de figueira para cobrir as suas partes cuja visão do outro lhes provocava rubor. Estranho, isso: até aquele momento, eles se contemplavam, nus, e tudo era belo, como tudo mais no Paraíso. Aí a tal fruta operou uma transformação nos seus olhos, e aquilo que era motivo de alegria passou a ser motivo de vergonha. Vergonha é isso: sentir que o outro que vê está rindo. Não é o puro olhar que provoca a vergonha. É aquilo que *imaginamos* que o outro está pensando. O que causa vergonha são os *supostos pensamentos do outro*. Foi aí que nós, humanos, nascemos do jeito como somos: quando passamos a imaginar aquilo que se encontra atrás do olhar dos outros. Bicho não tem vergonha. Bicho é feliz.

Essa é a razão para a dita folha de figueira que aparece em pinturas e esculturas. As referidas folhas sempre me causaram espanto desde meus tempos de menino, pois eu imaginava a dificuldade de andar daqueles que as usavam – a sua sustentação me parecia coisa misteriosa –, que poder mágico as manteria em seus lugares? Por mais que examinasse as pinturas e esculturas, jamais encontrei qualquer sinal de cinto, suspensório ou botão de fixação que explicasse o seu posicionamento. Se eu usasse uma, ficaria o tempo todo preocupado, com medo de que caísse e eu ficasse nu. Também eu tenho vergonha. Dürer, eu acho, tinha receios semelhantes e inventou uma solução alternativa: em vez da incerta folha de figueira, homem e mulher ficariam segurando um galho de macieira com um chumacinho de folhas na ponta, para cobrir os órgãos do sexo. O perigo dessa solução é que o dito chumacinho podia fazer cócegas no órgão vergonhoso, com consequências impossíveis de serem escondidas. Além disso, devia ser muito estressante andar por aí o tempo todo segurando um galho de macieira.

Santo Agostinho foi um dos homens que mais influenciaram a formação do pensamento dos cristãos. Ele é, em grande medida, responsável por aquilo que Igreja, teólogos e fiéis pensam sobre o sexo. O que se segue é a sua explicação para a folha de figueira, tal como se encontra na sua obra *A cidade de Deus*. Disse ele que os órgãos do sexo se tornaram vergonhosos porque foi neles que o pecado apareceu de forma mais deslavada. Ao contrário da boca, dos ouvidos, das mãos, órgãos que só fazem o que a razão permite, os órgãos do sexo passaram a ter ideias próprias. Rebelaram-se. Proclamaram sua independência. Desobedeceram. Puseram-se a se mexer quando a razão dizia que não mexessem. O homem foi o que mais sofreu. Nele tudo é evidente. As mulheres, ao contrário, são naturalmente protegidas pela anatomia. O órgão masculino passou a exibir transformações proibidas quanto a seu tamanho e posição, transformações essas que revelavam, àqueles que o observavam, aquilo que o seu dono tinha na cabeça. Olhando para as partes pudendas de Adão, Eva ficou sabendo de suas intenções para com ela. E Adão, observando o discreto sorriso no olhar de Eva, ficou sabendo o que ela pensava quando o via. Ficaram com vergonha. Apanharam a primeira folha de figueira que encontraram e se cobriram. Alguns padres de grande convicção religiosa compreenderam que as folhas de figueira são falsas soluções porque elas escondem mas não põem fim ao movimento desordenado dos órgãos do sexo. Foi o caso do extraordinário teólogo e pai da Igreja, Orígenes, que resolveu o problema de forma definitiva: ele se autocastrou a fim de que sua razão reinasse suprema sobre o seu corpo.

Mas como serão poucos a adotar o galho de macieira ou a autocastração, o remédio foi fazer uso de alternativas mais eficazes. Em vez das folhas, o silêncio. Ficou proibido falar sobre sexo. As folhas foram substituídas por palavras.

É aqui que se inicia a história da minha educação sexual, ainda na primeira fase do "é preciso colocar a folha da figueira". Lembro-me perfeitamente bem do momento em que eu me perguntei sobre a diferença entre os homens e as mulheres. "Pai, como é que a gente sabe se é boi ou se é vaca?" Minha mãe deu um gemido e soltou um desesperado "não!" *de profundis*. Meu pai deu uma risadinha e disse: "É fácil: boi tem argolinha no chifre". (Explico: bois que puxam carros de boi, meio de transporte muito comum naqueles tempos, têm argolas de metal na ponta dos chifres.) O gemido da minha mãe e a risadinha do meu pai me fizeram suspeitar que ali havia algo. Mas me calei. Assim a gente vivia: por suspeitas e silêncios. Depois, observando o estranho comportamento dos galos, que corriam atrás das galinhas e subiam nas suas costas, segurando-as com o bico pela crista (Adélia Prado se refere a isso num poema: o olho arregalado da galinha!), perguntei de novo a meu pai. Ele disse que o galo, marido severo, estava punindo a esposa por alguma coisa errada que ela tinha feito. Indignei-me com os galos e dali para frente, sempre que via um galo naquela posição machista, atacava-o a pedradas.

É preciso contar essas coisas porque as crianças e os jovens de hoje não fazem ideia do tamanho da folha de figueira que nossos bem-intencionados e religiosos pais puseram sobre o sexo. Acho que todo mundo da minha geração tem estórias assim para contar. Acho que seu pai e sua mãe têm histórias divertidas e trágicas para contar – histórias sobre o silêncio!

O pudor sujo[*]

Antigamente as galinhas viviam soltas com os galos, liberdade essa que fazia lugar a cenas de deslavada sem-vergonhice: elas, as galinhas, agachadas, os galos se equilibrando nas suas costas, segurando-as com o bico pela crista, enquanto suas partes pudendas se beijavam de forma rápida e trêmula. Cena ridícula, espetáculo imoral. Era impossível que as crianças não vissem. Mas, se viam, era necessário que não entendessem. Meu pai, ao me explicar que o acontecente era punição que o galo, marido zeloso, infligia à sua esposa relapsa, estava,

---

[*] Publicada originalmente em jornal com o título *Conversas sobre sexo (III)*.

assim, agindo motivado pelo pudor e na defesa dos bons costumes. Não imaginava ele que tal explicação motivaria minha cruzada feminista de apedrejamento de galos, sempre que fossem pilhados na dita posição.

Mas os tempos mudaram. Quem diria que a pouca-vergonha de ontem viria a ser a poesia de hoje? A Adélia Prado poetizou a cena.

> *As galinhas com susto abrem o bico*
> *e param daquele jeito imóvel*
> *– ia dizer imoral –*
> *as barbelas e as cristas avermelhadas,*
> *só as artérias palpitando no pescoço.*
> *Uma mulher espantada com o sexo:*
> *mas gostando muito.*

Jamais uma mulher do meu tempo pensaria em escrever um poema assim, especialmente em se considerando a ousada ligação que ela faz entre a galinha e a mulher. O que me dá uma pista para entender as razões por que pais e mães escondiam as explicações da cena para os seus filhos: eles não queriam que os filhos soubessem que eles faziam, no quarto fechado, exatamente aquilo que os galos faziam com as galinhas, no terreiro aberto. De fato: sempre que os filhos descobrem que os pais fazem "aquilo" com as mães, eles morrem de dar risada.

Tudo era vergonhoso no meu tempo. Tudo era coberto por uma cortina de silêncio. Era vergonhoso uma mulher ficar grávida. Hoje as grávidas exibem despudoradamente suas enormes barrigas que crescem em torno do umbigo, em piscinas e praias, usando apenas um minúsculo biquíni. Para elas a gravidez era coisa linda, sinal da sua feminilidade. "Transei e fiquei grávida!" Se assim não fosse, esconderiam. Era isso que acontecia no meu tempo: elas escondiam, por vergonha. Gravidez era coisa vergonhosa. Para isso se inventaram as batas: não por razões de conforto, mas por razões de vergonha, para disfarçar, como se fosse um pedido de perdão. "Fiz aquilo, meu marido fez, estou com vergonha, quero me esconder!" Naquele tempo, como agora, mãe é mãe, coisa bonita e sagrada. Mas o que está por detrás da mãe, a mulher que ama e faz amor, isso era vergonhoso. As igrejas exaltam a maternidade: os católicos adoram a mãe de Jesus, no céu, e os protestantes, sem mães nos céus, adoram as mães, na terra: foram eles que inventaram o "Dia das Mães". Mas fazem silêncio total sobre a fêmea, na cama, fazendo coisas impensáveis. Ser mãe é lindo, ser fêmea é vergonhoso. Os homens, nas barbearias, olhavam as grávidas passantes e riam: "O marido fez aquilo com ela!'". Barriga grande, véspera de mãe, lembrava o antecedente: a transa. Maternidade deve ser lembrada. Transa deve ser esquecida. Lembro-me da primeira vez que notei uma mulher grávida. Estava com minha mãe. "Mãe", eu disse, "olha só o barrigão daquela mulher!" Eu nunca havia visto barriga assim. Para mim, era uma barriga espantosa. Pensei que fosse doença. O safanão que minha mãe me deu me informou logo que eu deveria calar a boca. Por isso não se dizia que uma mulher estava grávida. Isso era vulgar e indecente. Dizia-se que uma mulher estava em "estado interessante". De fato, muito interessante.

Nunca me disseram como é que uma criança nascia. Nunca me falaram sobre cegonhas e repolhos. As crianças simplesmente apareciam. Quem acredita naquilo que a Igreja diz pode acreditar em qualquer coisa. Pois é isso que ela diz do nascimento de Cristo, que Maria não pariu, o menino Jesus não passou pelos seus canais, como todos os demais mortais, como se isso fosse coisa feia e indigna. Ele simplesmente apareceu, por um ato de mágica. Tanto que ela era virgem antes do parto, e permaneceu virgem depois do parto. Parir era vergonha. E assim se dizia que uma mulher "adoecia". "Adoecer" era o eufemismo para "dar à luz". Como se doença fosse mais digno que luminosidade! No norte se dizia que a mulher havia descansado.

As meninas, coitadinhas, nada sabiam sobre a menstruação. De repente, aquela hemorragia pelas partes íntimas. Elas imaginavam que iriam morrer de alguma doença horrenda. Geralmente eram as empregadas que vinham em seu socorro com as explicações, porque era indigno que as mães falassem sobre aquilo. E não era raro que uma jovem, no dia do casamento, nada soubesse sobre sexo. De novo, eram as empregadas negras que vinham dar as informações que suas mães se recusavam a dar.

A ignorância também cobria os velhos, especialmente as solteironas, os solteirões, os clérigos. Um clérigo, teólogo da Igreja Anglicana, na Inglaterra, louvando a providência divina, argumentou que era maravilhoso que sempre houvesse uma mãe à espera do bebê. Uma respeitada professora, solteirona, que ensinava ciências para as crianças, acreditava que os nenês nasciam pelo umbigo. Uma outra criticava o fazendeiro por manter em sua fazenda um touro inútil. "As vacas, sim, têm uma finalidade: dão leite. Mas os touros, para que servem?"

No colégio onde estudei, um pai furioso se dirigiu ao diretor para denunciar um professor por imoralidade. É que o professor, ao falar sobre as glândulas, mencionou os testículos. A filha dele, não sei se por ignorância ou por malandragem, justo na hora do almoço, perguntou: "Papai, o que são os testículos?". O pai dela esbravejava: "Minha filha não está acostumada a ouvir essas coisas!".

Que coisas? Aquelas que haviam dado vida à sua filha. É. Ele achava que aquilo tudo era uma imoralidade e pouca vergonha. Só que, se ele pensava assim, então ele e sua mulher haviam realizado um ato indecente para que a filha nascesse. Ele havia submetido sua adorável esposa a uma humilhação. Porco. Assim era o meu mundo: sem sexo na fala, puro; mas sujo nos pensamentos dos puros.

É por isso que as mulheres de respeito se vangloriavam de nunca ter qualquer prazer no sexo. Quem tem prazer é vagabunda. Mulher séria deixa o marido fazer, enquanto examina a pintura do teto ou reza o terço. O espaço, assim, se dividia em "zona de respeito" – lugar do sexo por obrigação, sem prazer, com a recatada e respeitável esposa. E "zona de pouca-vergonha" – lugar do sexo por prazer, com as alegres e desrespeitáveis prostitutas.

Sim, aquele era um mundo muito respeitoso. Todas as coisas do sexo estavam protegidas por religioso pudor.

Educação sexual*

Os bichos não vão à escola. Nascem diplomados. O Criador embutiu, nos corpos dos bichos, disquetes com programas que contêm todos os saberes necessários para viver. Esses disquetes têm o nome de DNA. Sem jamais precisar que alguém lhes ensine, as aranhas tecem suas teias, as abelhas produzem mel, os caramujos fazem suas conchas espirais, os sabiás cantam seu canto. Tudo perfeito. Sempre igual. Os bichos sabem sem precisar ir à escola.

---

* Publicada originalmente em jornal com o título *As escolas de educação sexual – Conversas sobre sexo (IV)*.

Quando chegou a hora da criação do homem e da mulher, uma coisa diferente aconteceu. Uns dizem que foi erro do Criador: ele estava muito cansado e se distraiu. Eu prefiro acreditar que ele estava mais era com vontade de brincar. Em vez de fazer o que havia feito com os bichos, Deus Todo-Poderoso embutiu em nossos corpos um programa incompleto. Resultado: a gente não nasce sabendo tudo o que é necessário saber para viver. Temos de inventar o que está faltando. Não nascemos sabendo fazer casas como as aranhas e os caramujos. Nem sabendo fazer comida, como as abelhas. Também não nascemos sabendo falar a língua, como os sabiás. Através da vida o corpo humano vai sendo sempre criado e recriado.

Essa é a razão por que temos de ser educados. A educação é o processo pelo qual completamos nossa programação, pela magia das palavras. Quando falamos com uma criança as nossas palavras vão gravando saberes e sentimentos nos vazios do seu corpo. Educadores são feiticeiros: usam palavras para completar aquilo que gravidez e parto deixaram sem conclusão.

Sendo dotados de programas completos, os bichos já sabem tudo o que há para saber sobre o sexo ao nascer. Os galos e as galinhas não precisam de professores para fazer o que fazem. Cachorros e cadelas, touros e vacas, porcos e porcas, todos eles já nascem sabendo. E o mesmo é verdade das moscas, borboletas, tanajuras e libélulas, que exibem seu conhecimento sobre o sexo nos seus voos nupciais.

Os bichos fazem sexo conforme a natureza manda. Deus lhes deu não só o violino como também a partitura: só sabem tocar uma música. Para nós, Deus deu o violino mas não deu a partitura. Os órgãos do sexo são semelhantes aos dos outros bichos. Mas o jeito de fazê-lo, a música, é invenção nossa. Entre os homens, o sexo não é coisa da natureza. É coisa da cultura.

A diferença entre natureza e cultura? É simples. Vacas comem capim. Coelhos comem cenouras. Cavalos comem milho. Capim, cenouras e milho são coisas da natureza. Os homens não pastam como vacas, não comem cenouras como coelhos, não trituram espigas de milho inteiras, como cavalos. Os homens inventaram a culinária. Culinária é uma transformação alquímica da natureza: imaginação + natureza + fogo + temperos + cores: assim se faz um prato.

O sexo humano é como culinária. Não é por acaso que se usa a palavra "comer" para se referir ao ato sexual. Os homens e as mulheres misturam os órgãos e as funções do sexo com poesia, perfumes, música, comida, pintura. Não basta comer; isso é coisa de bicho; é preciso comer com prazer e alegria.

Há muitas escolas de culinária: a vegetariana, a japonesa, a francesa, a chinesa, a indiana. As diferenças não se encontram apenas no gosto e na apresentação da comida. A cozinha indiana é apimentada, come-se assentado no chão, com a mão, e é delicado arrotar. Na cozinha chinesa usam-se pauzinhos para pegar a comida e é delicado transportar o macarrão do prato para a boca por meio de sonoros chupões de ar. Os *snobs* europeus comem com o garfo na mão esquerda, de cabeça para baixo. (Tentaram fazer o mesmo com as colheres de sopa; não deu certo.) São muitas e distintas as formas do prazer culinário.

Sexo é como culinária. Há muitas escolas de educação sexual.

A primeira escola é representada, no mundo ocidental, pela tradição teológica das igrejas cristãs. O pensamento triunfante do cristianismo (houve tradições heréticas-eróticas, derrotadas e banidas) nunca conseguiu lidar com os prazeres do corpo numa boa. Diz que o corpo é prisão da alma. Mais do que isso: é o corpo que é ocasião de pecado. Por causa dele a alma pode ser lançada no inferno. Daí o seu culto à morte. Morte é libertação. Surgem daí os exercícios espirituais de mortificação: é preciso sofrer, em vida, para se aproximar de Deus. Deus não aprova os prazeres do corpo. São pecado. Prazer sexual é pecado que puxa a alma para baixo. O ideal seria que o homem não tocasse na mulher. Daí o louvor à virgindade e ao celibato. Infelizmente, entretanto, é preciso procriar para completar a população dos céus e dos infernos. Sexo é para isso: fazer filhos. As igrejas não aceitam o sexo humano como cultura, como culinária prazerosa. Acham que o certo é o sexo do jeito dos animais, de acordo com as leis da natureza. O frei Damião mandava para o inferno todos aqueles que dessem beijo de língua. Onde ele leu isso eu não sei. Sei que não foi na *Bíblia*. O escritor sagrado só poderia ter dito que havia mel debaixo da língua da sua amada se ele tivesse dado um beijo de língua. Conselho moral: "Faça sexo o menos possível para não ir para o inferno".

A segunda escola é a médica. A medicina lida com o equilíbrio das funções do corpo, denominado saúde. Mas a medicina deseja ser ciência. E a ciência exige que as coisas sejam compreendidas matematicamente. O sexo, assim, do ângulo médico, é representado por medições e médias estatísticas. Nada se diz sobre seus prazeres e alegrias. Assim, na sua ciência do sexo, trabalha-se com medidas e médias estatísticas sobre a anatomia e a fisiologia dos órgãos sexuais. O sexo é tratado da mesma forma como se tratam os intestinos. Prisão de ventre é anormal. Diarreia é também anormal. Os extremos são patológicos. O bom é a média. Quem estiver na média está dentro daquilo que a medicina define como saúde. Os grandes especialistas no sexo, do ponto de vista, científico, foram Master e Johnson. Mediram tudo o que pode ser medido. Fizeram ciência. Desse ponto de vista, o importante é estar na média. Conselho médico: "Preste mais atenção às estatísticas que aos prazeres. Moderação".

A terceira escola é a poética. A escola poética considera o corpo humano uma obra de arte, a expressão mais alta da poética criadora de Deus. O corpo é divino e a alma, sem o corpo, é uma exilada infeliz. O desejo sexual, desejo que nasce e vive no corpo, longe de ser uma expressão de lascívia e pecado, é uma expressão do desejo divino de nos unirmos a outro corpo. Esse desejo tem o nome de amor. E o amor se manifesta no prazer e na alegria. O prazer e a alegria são dádivas divinas. Conselho poético: "O desejo do seu corpo de se unir e ter prazer no corpo de outra pessoa é belo e puro. Viva-o como quem respira. Siga a máxima de Santo Agostinho: 'Ama e faze o que quiseres'".

Nossos corpos nascem incompletos. A educação sexual é uma magia de palavras que se executa sobre eles. Por meio dela, os corpos podem ficar mais belos e aumentar sua capacidade para o prazer e a alegria. Podem também ficar mais feios, encolhidos e murchos, com medo do prazer e pobres de alegria. A decisão é dos educadores.

Livros eróticos*

Tenho ouvido coisas fantásticas sobre a dita *terapia de vidas passadas*, mas confesso que ela nunca me atraiu nem pretendo praticá-la. Não por desacreditar. É que a terapia que pratico é muito mais emocionante e inacreditável. Dedico-me à *terapia de vidas não passadas*. Vidas passadas são vidas acontecidas. Vidas não passadas são vidas nunca acontecidas. A psicanálise sabe que o que não aconteceu é mais poderoso que o acontecido. O corpo ama mais a fantasia que os fatos.

---

* Publicada originalmente em jornal com o título A *bibliografia* – *Conversas sobre sexo (V)*.

Relato o que me aconteceu numa de minhas vidas não passadas. Eu estava na prisão. Tempo demais para ler e foi então que li, pela primeira vez, o *Livro do desassossego*, de Bernardo Soares, onde ele fala sobre a necessidade de uma *educação da sensibilidade*. Sobre isso as escolas nada sabem. Elas só ensinam o que pode ser avaliado, isto é, aquilo cujo aprendizado pode ser expresso em número ou letra. Acontece que a sensibilidade não pode ser avaliada quantitativamente. Está lá, no *Livro sobre nada*, de Manoel de Barros: "A ciência pode classificar e nomear os órgãos de um sabiá, mas não pode medir os seus encantos". Medir a "quantidade" de sensibilidade diante de um pôr do sol, de um poema, de um concerto? (E por falar em concerto, fui ouvir o Concerto nº 1 de Tchaikóvski, sinfônica e Fernando Lopes. Há pianistas de dois tipos: uns, muitos, a gente fica com medo de que o piano os devore, com sua imensa boca aberta; outros, raríssimos, a gente tem a impressão de que é o pianista que está degustando o piano. É o caso do Fernando, pianista monstruoso, que toca como quem brinca. Obrigado, Fernando, por você existir. Dou-lhe o conselho que Bernard Shaw deu a Heifetz, após ouvi-lo pela primeira vez. "Senhor Heifetz", ele escreveu, "depois de ouvi-lo fiquei preocupado com a sua integridade. Pois é impossível que os deuses, ao ouvi-lo, não se ralem de inveja. E deuses se ralando de inveja são seres perigosos: podem lhe fazer algum mal. Assim, de noite, em vez de rezar, aconselho-o a tomar o seu violino e tocar uma peça toda desafinada, para apaziguar os deuses." Assim, Fernando, pela sua segurança: antes de dormir, de noite, toque o seu piano a fim de não provocar a inveja dos deuses. Toque como eu toco. Os deuses ficarão com dó de você e o deixarão em paz...)

Pois foi lá, na prisão, comendo a horrível gororoba que se serve para presos, e instigado pela leitura de Bernardo Soares, que me veio a ideia de organizar um curso de *desenvolvimento de sensibilidade gastronômica* para meus companheiros de cela. A ideia foi recebida com alegria, mas logo surgiu um obstáculo intransponível: desenvolver a sensibilidade gastronômica numa prisão onde só se cozinhava comida ruim? Percebi que, naquela situação, dada a impossibilidade de educar a sensibilidade gastronômica dos presos *comendo*, só me restava a alternativa de educar *falando*. Restava-nos comer livros em vez de comida.

Procurei livros sobre o comer. Achei que os tratados médicos me ajudariam. Inspirado pelo saber médico que encontrei nos livros, dividi o meu curso em três partes. Primeira parte: anatomia do aparelho digestivo. Segunda parte: fisiologia do aparelho digestivo. Terceira parte: patologia do aparelho digestivo. Assim, tratei de transmitir os *saberes* relativos ao processo digestivo, a anatomia da boca, da língua, do esôfago, do estômago, dos intestinos, os vários processos da digestão, da mastigação à conclusão escatológica, bem como informações sobre as perturbações que frequentemente acometem os comedores, tais como náuseas, vômitos, diarreia, inapetência, intoxicação, prisão de ventre, cólicas, fecalomas, hemorroidas, pesadelos etc.

Mas logo meus alunos reclamaram, dizendo que aquilo nada tinha a ver com o objetivo inicial do curso, posto que eles não sentiam que sua sensibilidade gastronômica estivesse sendo educada por meio daqueles saberes científicos.

Quem não tem cão caça com gato: tive uma ideia brilhante. Saí à cata de livros de receitas, em especial os livros em que as receitas fossem ilustradas com fotografias coloridas. Os olhos deram imaginação à boca. A simples visão de macarronadas, feijoadas, assados, saladas, sopas, suflês, tortas e panquecas fez funcionar a misteriosa cozinha que mora no cérebro de sorte que, mesmo sem haver comido coisa alguma, pois tudo aquilo acontecia numa *vida não passada,* a nossa sensibilidade gustativa foi se desenvolvendo a tal ponto que, ao sair da prisão, muitos de nós conseguiram emprego no *Guia Quatro-Rodas,* como *gourmets* provadores de restaurantes.

Esse incidente, de falsidade comprovada, veio-me à memória como uma parábola para aquilo a que, comumente, se dá o nome de "educação sexual". As escolas são a prisão. Há uma demanda para a "educação sexual". Acontece que sexo é comida que não pode ser servida em escolas (da mesma forma como prisão não é lugar para banquetes). Resta então o recurso às palavras. Faz-se, então, o que fiz na prisão. Desandam a dar informações verdadeiras sobre a anatomia, a fisiologia e as patologias do aparelho reprodutor. Mas não é aí que mora a "educação sexual". Ela mora naquilo que Bernando Soares chamou de "educação da sensibilidade". O que faz um *chef* não é o seu saber sobre panelas, fogo, óleos, temperos, ingredientes. O que faz um *chef* é um refinamento de paladar.

Vale, para a situação escolar, o que valeu para a prisão. Na prisão não se podia comer comida boa. Na escola não se pode servir sexo. Daí o problema: como ensinar o gosto de um prato que não pode ser servido?

Digo que só nos resta falar. É pela palavra que se desenvolve a sensibilidade sexual. A questão é a escolha da bibliografia. Vão as minhas sugestões, para jovens e velhos. Começar pelo livro do *Cântico dos cânticos*:

> *Oh, minha amada, como és bela! Tuas coxas são como joias, o teu umbigo é uma taça cheia de vinho!*
>
> *Meu amado é forte e brilhante. Seu corpo é uma obra de mármore, e a sua fala é doce...*

Depois, a poesia de Walt Whitman:

> *O amor de um corpo*
> *de homem ou de mulher*
> *passa da conta, os corpos*
> *mesmo passam da conta:*
> *o do macho é perfeito*
> *e o da fêmea é perfeito.*

Há os poemas de amor românticos do Vinicius, os malandros da Adélia Prado. Para os mais avançados, os poemas eróticos de Drummond, em *O amor natural*:

> *O corpo noutro corpo entrelaçado,*
> *fundido, dissolvido, volta à origem*
> *dos seres, que Platão viu completados:*
> *é um, perfeito em dois; são dois em um.*
> *Integração na cama ou já no cosmo?*
> *Onde termina o quarto e chega aos astros?*

Os filmes: *Nove semanas e meia de amor, Como água para chocolate*. Os livros: *O evangelho segundo Jesus Cristo*, de Saramago; *O amor nos tempos do cólera, As pontes de Madison, A alegria do sexo*, editado por Alex Comfort. A música: *O meu amor*, de Chico Buarque, *O beijo*, de Rodin. O *Bolero,* de Ravel. O *Kamasutra*. A estória de Sherazade, n'*As mil e uma noites*, que conta a desdita do amor genital, que é decapitado ao final da noite, quando a madrugada chega, enquanto o amor sexual poético não tem fim.

A questão é a bibliografia. Ninguém se torna um amante pela leitura dos livros de medicina. Se assim fosse, os médicos seriam os amantes perfeitos. A educação da sensibilidade sexual começa com a poesia. É leitura que fará bem a todos, até mesmo aos velhos. Na velhice o sexo não morre. Fica só adormecido: brasa viva sob cinzas. É o olhar de reprovação e riso dos jovens que apaga a sexualidade dos velhos. Mas a poesia tem o poder de acordar os que estão dormindo...

Viagra

Eu estava investigando um texto curioso do Antigo Testamento – a estória de Jacó e suas duas mulheres, Lia e Raquel. Todo mundo já leu o poema de Camões:

> *Sete anos de pastor serviu Jacó a Labão, pai de*
> *Raquel, serrana bela, mas não servia a ele, e sim*
> *a ela que só por prêmio pretendia...*

Havia uma disputa furiosa entre as duas. Era Raquel que Jacó amava. Mas ela era estéril. Lia, ao contrário, era uma grande parideira. E aconteceu que o filho de Lia, andando pelo campo, achou e apanhou uma mandrágora, planta silvestre que deu de presente à sua mãe. Por que haveria ele de dar tal planta à sua mãe? Porque mandrágoras eram muito desejadas pelas mulheres, pelos milagres que suas poções operavam sobre seus maridos. Acreditava-se que o homem que tomasse um chá de mandrágora seria possuído por virtudes fálicas mágicas – para felicidade da mulher amada – como é o dito caso relatado pelas Escrituras Sagradas, que não mentem jamais. A danada da Lia, para causar inveja à sua irmã, mostrou-lhe a planta fálica e disse: "Hoje vou fazer amor com Jacó. Vou alugá-lo pela sedução da mandrágora" (*Gênesis* 30:14-16). Foi então que descobri a razão para o nome Mandrake, mágico capaz de, com um simples gesto, operar portentos considerados impossíveis. Pois o nome mandrágora, em inglês, é *mandrake*. O que me faz pensar que o inventor do nome do mágico Mandrake, talvez por razões pessoais, considerasse que não poderia haver mágica maior que aquela sonhada pelos usadores dos chás de mandrágora.

Num passado remoto fiz, em uma de minhas crônicas, uma confissão teológica não sei se herética ou erótica. Disse estar convencido de que os deuses não eram deuses masculinos como a tradição afirmava. Eram deusas, mulheres, como as líderes feministas afirmavam.

Minha afirmação, entretanto, se baseava em razões masculinas. Pois, se os deuses fossem homens, eles não teriam feito a malvadeza que fizeram com os homens. Não nos teriam destinado à terrível condição que nos acompanha pela vida toda, como uma verdadeira maldição de Sísifo. Refiro-me à injusta falta de simetria existente entre a condição dos homens e a condição das mulheres. Pois as mulheres, mesmo sem ter sido excitadas pela química hormonal, mesmo sem desejar corporalmente, se desejarem com a alma, podem dar prazer ao homem amado, num ato de pura generosidade e ternura. As mulheres gozam da felicidade de poder dar sempre prazer ao homem amado, se assim o desejarem. Às mulheres as deusas deram a divina possibilidade de poder fingir: podem fazer de conta. Podem fazer de conta que estão morrendo de prazer, mentira deliciosa nascida do amor.

Comparados às mulheres, fisiologicamente, os homens são seres inferiores. A imprevisibilidade da hidráulica de que depende a *performance* sexual masculina os mantém numa situação de ansiedade permanente. Nunca se sabe se a mágica vai acontecer da próxima vez. Já não se fazem chás de mandrágoras. E ninguém tem um Mandrake dentro de uma lâmpada mágica.

Disse atrás que a condição masculina era um verdadeiro castigo de Sísifo. Sísifo, como é bem sabido, estava condenado a rolar uma pedra até o alto de uma montanha – mas sempre que ele chegava lá com a pedra, a maldita rolava para o vale e ele tinha de começar tudo de novo. Pois a mesma coisa acontece com os homens. Eles conseguem fazer com que a pedra chegue ao alto. Mas o momento do triunfo é breve. Ela rola montanha abaixo e tudo volta à condição original. Não é fácil ser homem.

E o problema é que é preciso muito pouca coisa para que a pedra, mesmo antes de chegar ao alto da montanha, role para baixo. Aquela sem-vergonha da Adélia Prado, especialista em misturar poesia, erótica e mística, diz com um sorriso sacana: "E o meu lábio zombeteiro faz a lança dele refluir". Não há lança de ferro que não vire macarrão cozido pela magia de um lábio zombeteiro feminino. No sexo, graças aos poderes da dissimulação, as mulheres andam tranquilas. Podem sempre ter o prazer de dar prazer. Aos homens, entretanto, as deusas não deram o poder de dissimular. Estão condenados à honestidade. Zorba dizia que vai para o inferno o homem que não dá prazer à mulher que o deseja. Verdade. Todos os homens ou já experimentaram ou experimentarão o inferno de contemplar o desejo no rosto da mulher amada sem poder lhes dar o prazer que desejam.

Santo Agostinho disse que, por obra de Satanás, o membro masculino saiu do controle da razão e começou a ter ideias próprias, fazendo evoluções que não deveria fazer em ocasiões inadequadas. Daí a vergonha dos homens em relação aos seus órgãos sexuais, o que deu início à próspera profissão de costureiro: as roupas foram inventadas para cobrir as vergonhas malcomportadas. Mas ele não observou que a perturbação se dava também no sentido inverso, isto é, os órgãos masculinos, por causa de suas ideias próprias, também se recusavam a fazer as evoluções que deles se esperavam, quando a situação o exigia. Sugeriu, então, que os órgãos masculinos deveriam se comportar como os dedos, que sempre obedecem ao comando da razão. Não sabia ele que era precisamente isso que todos os homens desejam. Porque, então, eles teriam o poder de dar prazer à mulher amada sempre que ela desejasse.

A busca da grande magia – mandrágoras, filtros de amor, afrodisíacos – é uma manifestação da busca dessa felicidade extraordinária que é dar prazer à pessoa amada. Mas agora, em vez de mandrágoras a serem colhidas no campo, há o "viagra" que pode ser comprado na farmácia. Sobre essa mandrágora científica eu sei somente por ouvir dizer. Em sendo verdade, é possível que tenha havido uma revolução nos céus e que os deuses masculinos tenham roubado das deusas o poder que detinham sobre os órgãos masculinos do amor.

O sofrimento masculino não é o sofrimento de não poder *ter prazer*. É o sofrimento de não poder *dar prazer*. O desejo mais profundo é narcísico: não o *prazer* fácil do orgasmo, mas a *alegria* de dar prazer à pessoa amada. O que se busca é o olhar da pessoa amada que diz: "Como é bom que você exista".

Assim, viva a ciência, ainda que, à semelhança de Caramuru, ela atire no que viu e acerte no que não viu!